Hanoch Levin

Der Zufriedene, der Lüsterne und die Gelöste

Geschichten

Zusammengestellt
und aus dem Hebräischen
übersetzt von Vera Loos und
Naomi Nir-Bleimling

Carl Hanser Verlag

1 2 3 4 5 02 01 00 99 98

ISBN 3-446-19285-9

Satz: Uhl + Massopust, Aalen
Druck und Bindung:
Bercker Graphischer Betrieb GmbH, Kevelaer
Printed in Germany

Inhalt

Zwei Ausschnitte aus einer Geschichte: Der Zeitvertreiber

Perzel versucht Schlaf zu finden, um den Lauf der Zeit zu beschleunigen. Der Mensch geht um Mitternacht zu Bett, ehe er sich's versieht, steht er wieder auf, und siehe da, es ist sieben Uhr früh, und es stellt sich heraus, daß ihm der Schlaf als Springer diente, um sieben Stunden zu überwinden. Diese List ist der Natur nicht verborgen geblieben. Was unternimmt die Natur dagegen? Sie läßt den listigen Reiter um Mitternacht einschlafen, überflutet ihn mit allerlei Alpträumen, und wenn er erschöpft und schweißgebadet erwacht und sich mit mäßiger Befriedigung sagt: »Wenigstens habe ich sieben Stunden herumgebracht«, zeigt seine Uhr plötzlich zwölf Uhr fünfzehn. Du hast so gut wie nicht geschlafen, warst von Nachtmahren geplagt, und die ganze Nacht liegt noch vor dir.

Perzel war nicht einmal die Viertelstunde Alpdrücken vergönnt. Er fand gar keinen Schlaf. Und überhaupt: Was heißt hier Mitternacht? Geht es hier vielleicht um Gnade? Hier geht es um Realität, um nackte Realität, wir haben erst sechs Uhr abends. Um sechs Uhr abends verließ Perzel Peppis Haus, und der Weg bis Mitternacht ist lang, sehr lang, und es werden hier keinerlei Zugeständnisse gemacht und keine legendären Sprünge von sechs Stunden.

Kaum daß er um sechs Peppis Haus verließ, sah Perzel lange auf seine Uhr, von vorne und von der Seite, und studierte gründlich die Zeit. Es ist sechs Uhr. Er geht nach Hause, sein Herz pocht; viele Herzschläge verstreichen und mit ihnen die Zeit, bemerkt Perzel zufrieden. Er schaut erneut auf die Uhr: Es ist sechs. Ist die Uhr stehengeblieben? Perzel bringt sie an sein Ohr: Tick tack, tick tack, und es ist und bleibt sechs Uhr. Perzel verläßt das Haus wieder, fragt einen Menschen nach der Uhrzeit, sechs, geht ins Zentrum der Stadt, fragt die Leute, vorwiegend Frauen, wie spät es ist, erhält die Antwort, sechs, schaut auf die öffentlichen Standuhren, sechs, hört ein Radio, sechs, sechs, sechs. Eine vermaledeite Uhrzeit, zwei aufeinanderfolgende S.

»Leute«, will Perzel schreien, »die Zeit ist stehengeblieben! Wer um acht ein Rendezvous hat, wird seine Geliebte nie zu Gesicht bekommen! Wer gewöhnlich um zehn zu Bett geht, ist um den Schlaf gebracht! Wer schon im Bett liegt, wird nicht erwachen! Wer auf dem Klo sitzt, kommt nicht mehr raus! Wer auf den Friedhof gegangen ist, der kehrt nicht mehr wieder! Das Leben steht still! Ich werde Peppi kein zweites Mal besuchen! Sie wird ewig jung bleiben, doch ich werde sie nie wiedersehen!«

Welche Mühe, wieviel Schweiß und Gesundheit hatte er aufbringen müssen, um bis sechs Uhr zehn zu gelangen! Was hat der Mann nicht alles angestellt, um zehn Minuten totzuschlagen! Er rannte vom Zentrum zum Strand, trank eine Flasche Bier, starrte lange auf den Horizont, rieb sich auf, um sich von den Weiten hypnotisieren zu lassen, zurück ins Zentrum, verfolgte zwei Frauen bis zur Haustür, studierte die Plakate an der Kinomauer, schlenderte hinter zwei weiteren Frauen her, trank noch ein Bier, suchte ein öffentliches Pissoir auf, kaufte Schokolade und aß sie gemächlich, und während der ganzen Zeit atmete er tief ein, und sein Hals schmerzte vor Anstrengung, keinen Blick auf die Uhr zu werfen. Es war äußerst strapaziös, die Zeit zu vergessen und verstreichen zu lassen, bis er schließlich gezwungen war, seine linke Hand – die Uhrträgerin – hinter dem Rücken zu verbergen und seine Augen auf die Erde zu richten, um nicht zufällig auf eine Uhr an einer Hauswand zu stoßen. Gleichzeitig spürte er befriedigt, daß die Stunden vergingen, und wenn er auf ein vollständiges Ignorieren der Zeit achtete, gleichmäßig atmete und ununterbrochen weiterlief, würde er sich schon bald selig in den Armen der Mitternacht wiederfinden, und dann würde er müde und ruhig bis um sieben Uhr früh durchschlafen, und vielleicht, mit etwas Glück, wenn er sich schlecht fühlte, sogar bis um neun.

Sich an diesem Gedanken labend, folgte Perzel einer weiteren Frau, der fünften an der Zahl, einer mit ausladendem, wunderbarem Gesäß – »Zwei Backen, die mir mindestens eineinhalb Stunden vertreiben werden«, dachte Perzel –, als die Gewisse plötzlich vor einem jungen, pedantischen Mann stehenblieb, der sie barsch anherrschte: »Wir haben sechs Uhr vereinbart, jetzt ist es bereits zehn nach sechs.«

Perzel blieb fassungslos stehen. »Zehn Minuten?! O Allmächtiger, zehn Minuten?! Ich war mir sicher, daß die Hälfte meines Lebens verstrichen ist! Wie soll ich es, um Himmels willen, bis zwölf schaffen?! Wie soll ich die Zeit bis zum Morgen totschlagen?! Ich kann mit keinerlei Unterstützung rechnen! Woher soll ich die Kraft nehmen?! Wie soll mein Herz der Anstrengung standhalten?! Selbst wenn ich bis zum Morgen durchhalte, werde ich alt und erschlagen sein, und wie soll ich vor Peppis Augen bestehen?!«

»Tick tack, tick tack« tat die Uhr zärtlich das ihre. »Tick tack, tick tack«, mit dem sachlichen, höflichen, ein wenig näselnden Tonfall eines britischen Obersten Richters, »tick tack, tick tack«, es gibt keine Privilegien, es nützt nichts, sich Phantasien hinzugeben, hier herrschen Recht und Ordnung, hier herrscht das Gesetz, »tick tack, tick tack«, und das Antlitz der Uhr ist so weise, so erfahren, das runde Auge einer tumben Professorin, nichts als Ziffern, eine große Expertin in Sachen Mathematik, du stierst sie an, und sie stiert dich an, du stierst sie an, und sie stiert dich an, du schreist: ein halbes Leben, und sie – zehn Minuten.

Vor Eifer, die Zeit totzuschlagen, wirft Perzel die Schultern nach hinten, reckt das Haupt vor, macht kehrt um zurück ins Stadtzentrum zu gehen, als aus dem Fenster eines der Häuser der Signalton des Radios ertönt, der die Sechs-Uhr-Nachrichten einleitet. Also nicht einmal sechs Uhr zehn. Um sechs haben wir begonnen, und nun ist es immer noch sechs. Schlichtweg sechs. Es stellt sich heraus, daß seine Uhr vorging, die Uhr des korrekten jungen Mannes ging vor. Es stellt sich heraus, daß es einen noch schlimmeren Feind gibt als die Uhr, das Radio nämlich, das Radio, das sechs Signaltöne der Verachtung ausstößt, denen eine adrette Frau folgt, die mit gegen das Mikrophon gequetschten Brüsten mit aufreizender Stimme verkündet: »Es ist sechs Uhr.« Sechs. Eine verfluchte Uhrzeit, weder Tag noch Nacht.

Über seine Schulter sah Perzel den Pedanten um Vergebung heischend um das Mädchen herumstreichen, das er irrtümlich ob seiner Verspätung gemaßregelt hatte. Er versuchte bang und beschwichtigend, das Ohr der jungen Frau zu küssen, die ihm jedoch auswich und ihn mit dem heftigen, schmerzhaften Stoß eines Menschen, der im Recht ist, zurückstieß.

Der Besuch des Freundes

Die Minderwertigkeit seiner Erlebnisse hatte Perzel gehörig geschwächt, er ging langsamen Schritts, hielt unterwegs ein paarmal an und erreichte die Wohnung seines abstoßenden Freundes Plizel erst gegen einundzwanzig Uhr. Plizel machte sich bereits inbrünstig an seinem Hosenlatz zu schaffen, und er dachte nicht daran, jemandem die Tür zu öffnen. Glücklicherweise lag die Wohnung im Dunkel, und keiner konnte von draußen den Verdacht hegen, Plizel könnte zu Hause sein.

Sobald er das Klopfen an der Tür vernahm, stellte er das Betasten ein, um nicht Gefahr zu laufen, man könnte das Reiben seiner Finger an der Hose hören, und er blieb regungslos liegen. Das Klopfen wiederholte sich. Zur Sicherheit hielt Plizel den Atem an. Nun entstand eine lange Pause, doch weil keine Schritte im Treppenhaus folgten, wußte Plizel, daß der Klopfer noch dasein mußte. Wer kann das sein? grübelte Plizel, vermutlich ein Nachbar oder ein Bettler. Aber um einundzwanzig Uhr geht kein Bettler mehr seiner Tätigkeit nach, auch nicht der Hausierer mit den Rasiermessern und auch nicht der Vertreter für Enzyklopädien. Blieb nur der Nachbar. Da fiel Plizel ein, daß er im Treppenhaus keine Tür gehört hatte, folglich schied der Nachbar aus. Ein zufälliger Passant, der um eine Auskunft bat, kam nicht in Frage, er hätte sich nicht so lange vor der Tür aufgehalten. Der Telegrammbote hätte ein Telegramm unter der Tür durchgeschoben und wäre gegangen. Wäre es die Polizei, hätte sie längst die Tür aufgebrochen. Wer kam noch in Frage? Plizels Hirn lief auf Hochtouren. Inzwischen war die Schlange in seiner Hose geschrumpft, das Ergebnis von circa zwei Stunden Arbeit des Ziehens und Blähens war dahin.

Perzel stand im Treppenhaus, jenseits der Tür, und wartete. Zwei Klopfserien lagen schon hinter ihm, und er taxierte seine nächsten Schritte. Natürlich zog er nicht in Erwägung, Plizel könnte nicht zu Hause sein, denn wo konnte Plizel schon sein? Auch die Dunkelheit in der Wohnung konnte Perzel nicht täuschen, allerlei Dinge pflegen die Menschen im Dunkeln zu verrichten, und eines davon – »Ich hoffe, ein Nickerchen«, dachte Perzel neidisch – war Plizel gewiß im Begriff zu tun, obgleich es noch recht früh am Abend war. Perzel klopfte zum dritten Mal. Es würde ihm zwar nicht angenehm sein, wenn Plizel endlich öffnete und sähe, wie versessen er darauf war, zu ihm hineinzugelangen, weil das bedeuten würde, er hätte nichts anderes zu tun. Und dennoch war diese kleine Erniedrigung besser als die Einsamkeit einer ganzen Nacht, die Perzel zu guter Letzt dazu zwingen würde, sich seine Hose vorzuknöpfen und sein Pulver vor dem ersehnten zweiten Treffen mit Peppi zu verschießen.

Auch beim dritten Mal kam keine Antwort aus der Wohnung. Perzel wartete still, bis die automatische Treppenhausbeleuchtung erlosch, die er nicht wieder anknipste. Die Dunkelheit verschaffte ihm eine bessere Position beim Spähen, nun konnte er sich vergewissern, ob unter der Tür tatsächlich kein Licht hindurchfiel, und sei es auch nur das geringste. Er inspizierte den Türspalt. Kein

Licht. Nun pochte er zum vierten Mal an die Tür, diesmal mit großer Leibeskraft. Plizel, der drinnen ausgestreckt lag, war äußerst verärgert. Wer ist diese aufdringliche Person, die mir die Farbe von der Tür kratzt?! Zur Hölle mit ihr, dies ist eine Privatwohnung, muß ich denn jeden Aufdringling hereinlassen, gerade dann, wenn ich etwas Intimsphäre benötige?! Vielleicht sinniere ich über einen wichtigen Gedanken, der dem ganzen Staat von Nutzen sein könnte und nicht zuletzt auch der Nervensäge, die meine Tür bearbeitet?! Vielleicht bringe ich meine Gefühle in Ordnung, was mich zu einem besseren Menschen machte und der ganzen Gesellschaft zugute käme, letztendlich auch jenem lästigen Kerl, der meiner Tür zusetzt?! Möglicherweise brauche ich die Intimsphäre auch nur einfach so, eine durch und durch menschliche Sache, die schließlich auch jener Ruhestörer, der sich an meiner Tür vergreift, einmal für sich beanspruchen könnte?! Gefühle eines einfühlsamen Herrchens für seinen treuen Wachhund stiegen in Plizels Herz auf für seine treuergebene Tür, die zügelloses Gepolter für ihn, für ihren Plizel, einheimste. Dieses vermaledeite Land, jeder geht dir auf die Nerven, sie lassen dir keine Ruhe, ein heißes, beschwerliches Land, nicht wie Amerika, wo du mit deiner Tür dasitzt und keine Menschenseele es wagt, außer vielleicht einem Einbrecher, deine Ruhe zu stören. Schließlich strebt man in Amerika schon einen Swimmingpool für jedermann an, damit der Mensch es nicht länger nötig hat, sich am Fleisch anderer zu reiben, anders als in den Schwimmbädern in diesem Land, in denen du nicht schwimmst, sondern in Eintracht mit Tausenden von anderen Tänzern, die dir alle naselang mit einem Schluck aufwarten, einen Massentanz im Wasser vollführst.

Das waren Plizels Gedanken des Grolls, während er

regungslos auf dem Bette lag, dazu verdammt, sich nicht zu rühren und kaum zu atmen und den Verlust einer unwiederbringlichen Dehnung seiner Hose zu erleiden. Plötzlich durchfuhr ein glühender Gedanke seinen Kopf und versengte ihm das Hirn. Vielleicht war es eine Frau, die an seine Tür klopfte? So unnatürlich, fremd und absonderlich die Sache schien, vielleicht geschah endlich das Wunder, vielleicht suchte eine der Frauen, von denen er stets träumte, Plizel auf. Eine, die in aller Heimlichkeit seine Liebe erwiderte und die sich nun nicht mehr zurückhalten konnte und die Initiative ergriff und zu ihm kam, und sobald er die Tür aufmachte, würde sie ihn ansehen, und ihre Augen würden alles sagen, alles (wunderbare amerikanische Frauen haben solch einen Blick), und ihre lächelnden Mundwinkel würden auf lange Jahre des Glücks und der Befriedigung hinweisen. Meine Frau, meine Erlösung! Mein ganzes Leben und meine ganzen Träume waren ein einziges, unermüdliches Warten auf diese Frau, auf die, die mich von der Trübsal meines Lebens befreien wird, auf die, in deren Hand meine einzige, allwährende Erlösung liegt. O meine Geliebte, ich eile!

Plizel stand auf und hastete zur Tür, aber weil er nicht dumm war und genau wußte, daß aus wissenschaftlicher Sicht dort keine Frau stehen konnte, schlich er ganz leise auf Zehenspitzen heran. In der Tat, es war ihm mehr als einmal unterlaufen, daß er sich in diesen Dingen die Finger verbrannt hatte, weil er beim Geräusch des Klopfens, das ihm wie das zärtliche Pochen einer Frau erschienen war, in Erregung geraten und unter heftigem Herzklopfen zur Tür gerannt war und, als er sie öffnete, dort zu seiner Enttäuschung Perzel vorgefunden hatte, weshalb er dann jedesmal eine lange Weile brauchte, um Enttäuschung und Verzweiflung aus seinem Gesicht zu vertreiben und seinen Zügen erneut das scharfsinnige Lachen eines Theoretikers, des Analytikers der amerikanischen Strategie, zu verleihen. Mithin ging Plizel nun mit äußerster Vorsicht vor. Er bewegte seine Beine ohne Eile vorwärts und näherte sich mit stockendem Atem der Tür. Da ist er, beugt sich mit Bedacht über das Schlüsselloch. Schade, kein Licht im Treppenhaus. Er kann nicht erkennen, wer dort steht. Vielleicht ist ihm der Klopfer entwischt?

Nein, er ist ihm nicht entwischt, er, Plizel, braucht sich keine Sorgen zu machen, denn auf der anderen Seite der Tür steht der Klopfer, der ja Perzel ist, und auch der duckt sich über das Loch und sieht nichts. Es stehen die zwei Freunde Perzel und Plizel da, in der Dunkelheit gebückt, und verbeugen sich zu beiden Seiten der Holztür voreinander, jeder hat ein Auge geschlossen, schlitzt mit großer Andacht und Konzentration das zweite und spickt durch das Löchlein. Das Auge Perzels fixiert das Auge Plizels, und das Auge Plizels antwortet dem Auge Perzels, sehen können sie nichts, aber beide erröten sie in der Dunkelheit ob der ruchlosen Tat, fühlen sich schuldig und beschmutzt.

Über die Grenzen des menschlichen Erstaunens

Es liegt nicht in unserer Macht, unsere Toten in Erstaunen zu versetzen.

Um die Mittagszeit eilten wir nach Hause, äußerst erregt wegen einer ungemein erfreulichen Nachricht, die wir für unseren Vater bereithielten, wir sperrten die Tür auf, gingen in die Küche, und siehe da, unser Vater hob den Kopf von seinem Teller, aus dem er mit mäßiger Begeisterung gerade Suppe schlürfte. Sein Gesicht lief blau an, er faßte sich an den Kragen, als versuche er, sich aus einem imaginären Griff zu befreien, fiel vom Stuhl, verlor das Bewußtsein und starb. Dergleichen kommt vor, daß das Herz des Menschen ohne ersichtlichen Grund plötzlich versagt und der Mensch aufhört zu sein.

Uns fällt es schwer, uns damit abzufinden. Schließlich haben wir solch eine gute Nachricht! So sehr hatte unser Vater all die Jahre hindurch mit uns gewartet – sonst hatten wir nichts mehr zu erwarten –, daß wir das große Los in der Landeslotterie gewinnen würden! Und nun haben wir gewonnen! Hunderttausend Dollar haben wir gewonnen – o Graus! Er ist gestorben, ohne davon zu wissen! Dabei hatte er einen Augenblick zuvor, nur einen Augenblick zuvor noch gelebt. Hätte er davon gehört, hätte er gejubelt – schließlich war er ein Mensch, schließlich liebäugelte auch er hin und wieder mit dem Dollar – und wäre womöglich nicht von uns gegangen. Und selbst wenn er doch gestorben wäre, wäre er mit dem Geschmack von hunderttausend Dollar auf der Zunge dahingeschieden!

In der Tat, wir verstehen sehr wohl, daß tot tot ist, und wenn du erst tot bist, lassen dich sogar Lotteriegewinne kalt, selbst ein mittlerer Gewinn von zehntausend Dollar; aber, meine Herrschaften, hunderttausend Dollar?! Kann das sein?! So tot ist tot?! Nein, nein, wir weigern uns, uns damit abzufinden. Wir schreien: »Vater, Vater, sieh nur, was wir gewonnen haben! Hunderttausend Dollar! Hunderttausend Dollar!«

Das Verdutzen, falls man den erstarrten Gesichtsausdruck unseres Vaters Verdutzen nennen will, ist nicht das Staunen über den Lotteriegewinn, sondern die Verblüffung über den Tod. Es ist nicht mal eine wirkliche Verblüffung. Es ist eine Art Ausdruck, der weder friedlich noch verblüfft, weder ein Fragezeichen noch ein Ausrufezeichen ist; die Oberlippe wölbt sich ein wenig, und eine Augenbraue ist eine Spur nach oben gezogen – eine Mischung aus dem Quentlein Skepsis und der Prise Abscheu eines Pedanten.

»Vater!« flüstern wir, »Vater! Vater!« – Mit einem Druck auf der Brust, einem bedrückenden Stein, um so schwerer wegen der hunderttausend, die ihm nicht vergönnt waren. Die ihm nicht vergönnt waren! Wir haben unseren Vater nicht in Erstaunen versetzt – sondern er uns! Unser ganzes Leben war ihm voller Bitterkeit und einem Anflug von Verachtung bewußt, wer und was wir sind. Wir haben all seine Hoffnungen enttäuscht, und nun, in dem einzigen Augenblick, in dem wir endlich unser Haupt erheben könnten – hat er sich uns verweigert! Er hat sich entzogen! Er war nicht barmherzig, nicht versöhnlich, sondern strafte bis zum Schluß, erniedrigte bis zur Verzweiflung, starb und starb und starb. Und wenn die Trauer über uns kommt, beginnen wir sogar zu wimmern. »Vater, Vater, hunderttausend!« klagen wir, und er – erstarrt, der Herr, die Hälfte von ihm eine Prise Abscheu, die andere ein Quentlein Skepsis.

Es liegt nicht in unserer Macht, das Rad zurückzudrehen. Wie schmerzlich ist die Wahrheit! Wie sehr hätten wir es uns gewünscht, die ganze Welt zu rütteln, für einen Moment, in dem uns die Arme unseres Vaters umschlängen und wir ihm sagen könnten: »Vater, rate mal!« Und er würde schweigen und nichts erraten, er hat die Nase vom Raten voll, er weiß schon alles, und dann werden wir sagen: »Vater, und was, wenn wir dir erzählten, daß wir in der Landeslotterie hunderttausend Dollar gewonnen haben?« Und unser Vater, ungläubig, wird mit einer wegwischenden Handbewegung ein »Bah!« hervorbringen und das Kitzeln unserer Vorfreude auf die endgültige Überraschung, wenn wir ihm den Lottoschein zeigen, noch steigern! Ach Vater, unser Wunsch ist so bescheiden, »Bah!« und aus und vorbei, und du kannst zu deiner Ruhe zurückkehren! O Natur, o Himmel, könnten hunderttausend Dollar einem Menschen, auch wenn er tot ist, nicht ein schwaches »Bah« entringen?!

Sie können nicht. Unsere Reue über unser Leben läuft auf Hochtouren. Fehler und Reue – das ist unsere Lebensgeschichte. »Vater, Vater!« bricht es plötzlich laut aus uns heraus, in dem Versuch, den Tod mit List auszutricksen: »Wir haben zehn Millionen Dollar in der großen amerikanischen Lotterie gewonnen!«

Nun, das hatte der Tod, selber auch kein schlechter Pfeffersack, nicht erwartet. Zehn Millionen Dollar ließen auch ihn nicht gleichgültig. Und für einen kurzen Augenblick setzten wir ihn schachmatt: Ein Lid zuckte auf dem Auge unseres Vaters, ein Zucken, nichts weiter.

Also, wir haben dem Auge unseres toten Vaters eine Zuckung abgerungen. Nicht viel, nicht wirklich ein Trost. Genaugenommen gar nichts. Ein albernes Wunder. Ein Lidzucken mehr oder weniger – na und? Schade. Dazu kam noch, daß wir gelogen hatten. Wir hatten von zehn Millionen gesprochen, und gewonnen hatten wir nur hunderttausend. Bis zu seinem letzten Atemzug, und sogar noch ein wenig darüber hinaus, haben wir unseren Vater, unseren Erzeuger, hinters Licht geführt.

Ein Mann steht hinter einer sitzenden Frau

In einem Zimmer, in einem Schaukelstuhl, sitzt eine Frau. Sie schaukelt nicht. Ihre Brüste sind entblößt. Hinter ihr steht ein Mann in dunklem Anzug mit gekämmtem Haar. Er steht steif, strafft seinen Körper, so gut er kann, bis sein Rücken einen konkaven Bogen beschreibt. Er schaut geradeaus. Wer ist dieser Mann? Warum steht er so regungslos? Ist er der Vorsteher ihrer Brust? Ihr Masseur? Und wenn er ihr Vorstand ist, dann inwiefern? Ist er schlichtweg auf abstrakte Weise zuständig für den Busen einer Frau? Zu welchem Zweck? Wozu hält sie ihn sich? Wenn er Masseur ist, warum massiert er dann ihren Busen nicht? Wenn er ein Liebhaber ist, warum umschlingt er die Brüste nicht und küßt sie? Warum schaut er nicht sehnsuchtsvoll nach ihnen? Liegt es im Bereich des Möglichen, daß es sich um einen fassungslosen Ehemann handelt? Hat sie ihm etwas offenbart, und er steht wie vom Blitz getroffen? Ist es denkbar, daß er per Zufall der Bahninspektor ist und sich herbegeben hat, um ihr höchst offiziell die Abfahrtzeit des Eilzugs nach Moskau mitzuteilen? Wenn dem so ist, warum liegen dann ihre Brüste frei? Geht es darum, ihn zu bestechen, damit er ihr einen Freifahrschein überläßt? Und wenn ja, warum schenkt er ihren Kurven dann keinerlei Beachtung? Und warum von hinten? Erhält sie womöglich eine Platzkarte für das Enthüllen ihrer Brüste, aber kein Abteil, weil sie ihm für ein Abteil auch die Erlaubnis erteilen müßte, einen Blick darauf zu werfen, und so weit zu gehen ist sie nicht bereit? Sollte sie sich tatsächlich keine Fahrkarte nach Moskau leisten können? Und wo ist ihr Gatte? Hat sie überhaupt einen Ehemann? Erwartet sie ihn? Ist er lüstern? Verstorben? Ist sie lasterhaft? Nicht gesund? Wahnsinn? Untersuchung der Lunge? Hitzewelle? Macht sie Filmaufnahmen? Und wenn es ein Film ist, welches ist dann die Rolle des Mannes? Bahninspektor, Masseur, vom Blitz erschlagener Ehemann, Liebhaber, der Vormund ihrer Brust? Ihre Brüste sind klein, sehen aus wie Birnen, die quer liegen und in deren Mitte sich eine Warze erhebt, für sich betrachtet rauh und fleischig. Wenn er der Vorsteher ihres Busens ist, ist seine Position dadurch geschmälert, daß er für kleine Brüste verantwortlich zeichnet? Richtet sich sein Status nach der Größe des Busens oder nach dessen Vollkommenheit? Ist es vorstellbar, daß er nur für die Warzen zuständig ist? Hat er ein Kind? Weiht er sein Kind in seine Tätigkeit ein? Hegte er einst den Wunsch, das Kind mitzubringen, um dem Vater bei der Arbeit zuzusehen? War es dem Kind erlaubt, ihn zu begleiten? Stand sein Sohn starr und steif zur Seite des Vaters, ein kleiner künftiger Vorsteher wie er? Tränten seine Augen vor Langeweile oder aus Mitleid mit dem Ständer, der mit solch einem Stehen, das keinerlei Ehre einbringt, hinter einer bloßen Frau seine Familie ernähren muß? Und was meint seine Frau dazu? Nennt sie sich »die Frau des Vorstands«? Fragt man sie: »Vorstand wessen?« Gibt sie bereitwillig Antwort? Ist sie neidisch? Weint sie des Nachts, oder hat sie sich daran gewöhnt? Verhöhnt sie ihren Mann, weil er keinen Platz in der Welt gefunden hat außer dem, einer begehrenswerten Frau als Hüter zu dienen, dessen Männlichkeit man ignoriert? Schmerzen ihm die Beine? Was wird er mit fortschreitendem Alter tun? Menschen altern, was wird aus ihm? Wie lange wird sie sitzen und ihn hinter sich stehen lassen? Und warum eingezwängt in einen zugeknöpften Anzug, schweißtriefend? Was geht hier vor? Warum diese Steife? Wo hat er sie erlernt? Hat er einen Kursus für Domestiken absolviert? Gibt es eine Dienstleistungsschule, in der man sich ehrerbietig bis zur Verzweiflung in die Brust wirft? Schielt er bisweilen auf ihren Busen? Oder schaut er an die Wand, weil dies ihm untersagt ist, da er offiziell als Mann gilt? Löst der Busen Kopfschmerzen bei ihm aus? Schaut er auf die Wand und läßt sein ganzes Leben vor seinen Augen Revue passieren? Oder nur erlesene Momente? Vielleicht hat er das Stöbern in sich satt und glotzt einfach auf die Wand, mit innerer Stumpfheit? Indes, ist ihm innere Stumpfheit überhaupt gestattet? Hat er nicht die Pflicht, scharfsinnig zu bleiben, bereit, jeden Moment zu reagieren, weil er der Vormund ihrer Brüste ist? Doch reagieren worauf? Befindet sie sich in irgendeiner Gefahr? Sind sie in eine Spionageaffäre verwickelt? Ist sie in jemanden verliebt? Wird sie ihn von dort verscheuchen, wenn erst ihr Liebhaber in Erscheinung tritt, oder wird sie ihn hinter sich stehen lassen, auch wenn sie sich liebkosen? Spricht sie manchmal zu ihm? Fragt sie nach dem Befinden seiner alten Mutter? Was wird sein, wenn sie sich von dem Schaukelstuhl erhebt? Verbleibt er auf seinem Platz hinter dem Stuhl und wird somit zum Vorsteher-des-Stuhls? Oder folgt er ihr, denn es gehört zu seinen Pflichten, ihre Brüste zu begleiten, wo immer sie sich auch hinwenden mögen? Warum sind seine Muskeln erstarrt? Was verdaut er dort, in seinem rundlichen Bauch, Nudelsuppe? Oder was?

Wer wird ihn aus seiner Lage befreien? Wer wird ihn seine Kindheitserinnerungen vergessen lassen, in denen sein Körper sich frei und elastisch über den Strand bewegte? Wie kam er hierher, um hinter einer brustentblößten Frau strammzustehen? Wann begann der Abstieg? Warum fehlte ihm die Kraft, ihn aufzuhalten? Weshalb erhielt er keinerlei Hilfe von Dritten? Leute, warum seid ihr ihm nicht zu Hilfe geeilt? Und nun, wie soll es weitergehen? Wie geht es weiter?

Eintritt ins Zimmer

Ein Mensch, der nichts zu sagen hat, betrat den Raum, ein ganz und gar nebensächlicher, unbedeutender Mensch, abscheulich anzusehen; einer der heimlich meistgehaßten Männer der Welt und der Menschheitsgeschichte; ein Mensch, der weiß, daß er nicht die geringste Chance auf ein ewiges Leben hat, und in dem dennoch, wie der Herd eines entzündlichen Infekts, die Hoffnung nistet, er könne der erste sein, der nicht sterben wird, und dafür, abgesehen von zweifelhaftem internationalem Ruhm – schließlich hat er keinerlei Leistung erbracht! –, einen gehörigen finanziellen Gewinn davontragen, der ihm für den Rest des Lebens ein bequemes Dasein ermöglicht und überdies die teuersten Luxusnutten in den feinsten Hotels der Welt, sagen wir in Oslo, Hamburg oder Chicago. Ein Mann, der im Jahr 1842, zur Zeit der grauenvollen Massaker in den entlegensten, ödesten Gegenden Indiens, noch nicht geboren war und durch diesen Umstand mit unvorstellbarer Tücke dem Blutbad entrann, während er andere menschliche Wesen ihrem Schicksal überließ. Ein durch und durch sündiger Mensch mit lauten Lachsalven, schleimig und wenig überzeugend, die ein anmaßendes Zeugnis seiner Existenz liefern; ein Mensch, von dessen Aufdringlichkeit ein Anflug auf schäbigen Postkarten bis nach Rio de Janeiro gelangt ist. Ein Mensch, bei dem der Genuß eines Cappuccino übertriebene Harnproduktion auslöst und der es wagt, auch noch lauthals davon zu berichten und diesen Umstand zu erörtern, was ihn allerdings in keiner Weise daran hindert, bei der erstbesten Gelegenheit erneut einen Cappuccino zu bestellen. Einer, der in seinem Leben niemals eine Mahlzeit versäumt, den es nach Frauenfleisch gelüstet und der sich danach sehnt, dieses unter Umklammerungen, Knüffen und einem aus seinem ungelüfteten Schlund, über den vordem Süßigkeiten glitten, wehenden Stöhnen zu betasten. Ein Mensch, der beim Einkauf mit festem Griff sein Geld zählt und der, wenn er feststellt, daß der Verkäufer vergaß, ihm einen Teil des Wechselgeldes auszuhändigen, den Laden nicht mit einem verschämten, schreckhaften Lächeln verläßt, sondern sich nicht scheut – mit dem gleichen verschämten, schreckhaften Lächeln und leicht glühenden Wangen –, auf seinem Anspruch zu bestehen und mit nörgelnder Stimme, einer kleinen, dünnen, abgehackten, unangenehmen Stimme, sein Wechselgeld zu verlangen, und somit dem Verkäufer die Bürde auferlegt, mit dem bedrükkenden Gefühl weiterzuleben, betrügerisch, unwürdig, womöglich gar ein kleiner Ganove zu sein, und sich zu guter Letzt wegen seelischen Drucks das Leben zu nehmen. Ein Mensch, der sich von jeglicher Verantwortung für das Schicksal des Verkäufers frei gemacht hat und der mit jener festen Umklammerung, mit der er nach seinem Geld greift, ebenso hätte Menschen packen und retten können, die versuchten, sich aus ihrer brennenden Wohnung zu befreien, und die mit allerletzter Kraft den Sims umklammert hielten, bis sie fielen und zerschmetterten, während ihm ausgerechnet in diesem Moment die Hände schwach und feucht wurden. Ein Mensch mit dem anmaßenden Wunsch, seine Möbel und seine persönliche Habe, die er bei starkem Regen in seine Wohnung transportiert, dürften, Gott behüte, nicht naß werden, was soll der Möbelpacker machen, schließlich hat sein Wagen kein Dach, ein Dach kostet Geld, und das Geld umklammert ja jener Mensch, der beispiellose Klammerer. Ein Mensch, der die depressiven seelischen Zustände von Möbelpackern und Verkäufern ignoriert, die sich eventuell erhängen könnten, wenn er keinen Ausweg für sie findet – ja, er, gerade er, ihm und seinen Schultern ist es auferlegt! –, wenn er sie nicht aus der Not errettet. Gar nicht erst zu reden von seinen verstorbenen Eltern, die er seit langem vernachlässigt hat und in der Erde begrub, ohne ihren Leichnam mit Nylonrollen zu umwickeln, um die Reinheit des Fleisches zu bewahren, aus dem er entschlüpfte, schließlich darf man nicht vergessen, daß er irgendwo entschlüpfte. Nicht von allein erblickte er das Licht der Welt, er ist kein Axiom. Ein Mensch, wenn er nicht lebte, wer wüßte dann überhaupt von ihm? Und genau das ist es, wovor er so große Angst hat. Er fürchtet sich unentwegt davor, nicht zu sein, vor einer Sache, die ihm ohnedies passieren wird und die schon so vielen Türken und Indern unterlaufen ist, darunter solche, die nie geboren wurden, oder welche, die starben, sogar Säuglinge, und diejenigen, die nicht geboren wurden, waren sogar noch zarter und kleiner als Säuglinge – während er schon gegessen hat und nach allen Regeln der Kunst gefummelt und es geschafft hat, sich bis zum Erbrechen zu ängstigen, und gleichzeitig, nachdem er sich einen Ventilator gekauft hat, um sein Fleisch in der Glut des Sommers ein wenig zu kühlen, zu hoffen wagte, noch ein paar Jährchen zu leben, mindestens fünf, damit sich die kompletten Anschaffungskosten des Ventilators amortisierten. Ein Mensch, wer er wirklich ist, das wissen nicht einmal diejenigen zu sagen, die ihn näher kennen; er geht vor lauter Bescheidenheit gebeugt, aber sobald du ihm den Finger in der Tür quetschst – oh, dann wirst du ihn hören. Über einen gequetschten Finger brüllen, das kann er gut, so gut, als ob sämtliche Inder und Türken vor ihm es nicht vermocht hätten, als ob der Schmerzensschrei seine persönliche Erfindung sei und er schon in Bälde ein Patent darauf beantragen und Geld damit verdienen würde, um die oben erwähnten Handlungen mit den Luxusnutten Hamburgs, Oslos und Chicagos zu vollziehen, während die Türken und die Inder schon längst verstummt sind, schließlich könnte man sich dafür unendlich schämen. Ein Mensch, der, während sich im Universum Dinge ereigneten, einen Schritt ins Zimmer machte, wobei sein Zeh im Schuh sich hob und senkte.

Der Gewickelte

Gewickelt wurdest du, und gewickelt wirst du werden! Eine Frau nahm dich auf ihren Wunsch hin auf den Arm, entblätterte dich und musterte deine Genitalien. Du konntest dich nicht wehren. Nur protestieren konntest du, und in der Tat hast du häufig geschrien, doch die Frau stellte ihre Handlungen nicht ein. Ihre Hände waren stark und geübt. Sie war üppig. Da lagen deine Genitalien offen vor ihr, deutlich sichtbar: Na du, greif zu und tue damit, wozu du Lust hast. Hast du schon gerubbelt? Befühlt? Gepudert?

Du stehst zu ihren Diensten. Sie wickelt dich in eine frische Windel und zieht sie tüchtig fest. Quetscht deine Geschlechtsteile bis zum Exzeß! – Schon nimmt sie dich auf den Arm, nähert ihren Kopf dem deinen und gurrt wie eine Taube – ei, put-put-put-put! –, zieht ihn wieder zurück, nähert ihn – ei, put-put-put-put! –, zieht ihn zurück. Eine Art Spiel ist es für sie. Sie bleckt die Zähne zu einem Kichern und bläst ihren Atem in dein Gesicht. Und du lachst, besser gesagt, du verbirgst dein Gurgeln des Entsetzens hinter einem Lachen, denn das ist es, was man von dir erwartet: in den Armen der Frau zu lachen. Dein Gesicht läuft rot an – ei, put-put-put-put –, und du lächelst wie ein vollendeter Idiot.

Demütig und folgsam werden wir wie ein verschnürtes

Päckchen in unsere Wiege gebettet, ordentlich eingeschlagen. Wir sind ein Paket mit übelriechendem Inhalt. Wir sind von unseren Ausscheidungen getränkt, ohne uns von ihnen zu lösen. Das Sielen in der Jauche ist uns angenehm. Seht nur, gerüstet für das Leichentuch, darin geübt, uns im braunen Pfuhl zu suhlen! Für den Moment wird unser Gesicht nicht verrotten und unser Körper nicht verwesen, doch in der Fäulnis aalen wir uns schon jetzt.

Für eine Periode von kurzer Dauer, zwischen unserem Liegen im Dreck unserer Exkremente und unserem Wälzen im Schmutz der Erde, werden wir nicht gewickelt. In diesem Zeitabschnitt tragen wir Hosen. Aber seht nur, wie traurig und schwer der Blick unserer Augen ist, wenn wir in Hosen stecken und uns bücken, um mit tiefer Verbeugung die Hand der Frau vor uns zu küssen.

Ein Dunst, schier unmerklicher Uringestank, liegt über unserer Welt.

Träger willkürlicher Frachten

Bittere Enttäuschung erlitten wir, als wir das Schiff sahen, dieses Ziel unserer Kindheitssehnsüchte, jenen stolzen Schwan, der in Wahrheit nichts weiter als ein Transportmittel für Waren und Menschen von Ort zu Ort ist. Das Schiff an sich verfolgt keinerlei Selbstzweck; unter dem Aspekt der Geistigkeit und des Selbstzwecks ist es eine Null. Und wir hielten es für einen Gegenstand, der für sich steht, als genüge er sich gleichermaßen selbst. Nein, meine Herrschaften, ein Schiff – zahle und belade es mit jedwedem Unrat, und es sticht in See. Eine große, bittere Enttäuschung. Ein Schiff ist wie ein Zug, wie ein Taxi, wie ein Bus, es ist wie ein Kellner. Bestelle Fisch – er bringt ihn dir, bestelle Kohl – er bringt dir Kohl. Sie werden sagen: »Ja, der Kellner ist während seiner Arbeitszeit gewissermaßen ohne Selbstzweck, doch seht ihn euch nach Dienstschluß an, seht ihn euch bei sich zu Hause an!« »Und dann?« antworten wir. »Was werden wir schon bei ihm zu Hause zu Gesicht bekommen, das wir nicht schon im Restaurant gesehen hätten? Weiß er etwa, was er will? Verfolgt er einen Zweck? Er verfolgt nichts! Er wird vom Wohnzimmer in die Küche gehen, von der Küche ins Bad, immer etwas mit sich tragend, wenn nicht einen Gegenstand, dann einen Wunsch oder Gedanken, der nicht zu seinem wahren Wesen gehört, er ist wie ein Schiff.«

Der Kellner erhebt sich von seinem Stuhl und sagt: »Ich werde ein Stück Wassermelone essen.« Dann steht er auf und trägt einen Wassermelonengedanken in die Küche, trägt die Wassermelone selbst von der Küche ins Wohnzimmer (seht nur, er kellnert zu Hause weiter!), wassermelonensatt trägt er einen Frauenfleischgedanken, danach einen politischen Gedanken, regional und international, und dann dies und das und Kokolores. Sein Hirn und sein Magen sind ein verrottetes Floß, das mit einem Haufen unnützer Gedankengüter beladen auf einem schlammigen Sumpf treibt. Wann werden wir einmal einen Kellner sehen, der seine Schürze ablegt – auch seine innere, seine geistige – und der er selber ist, nur als Transportbehälter seiner selbst dient; wann werden wir je eine reine Hure sehen, eine verhurte Hure, ohne Freier; einen Spion, der sich in seinen Mantel hüllt und kein Material an seine Auftraggeber weiterleitet, die sich damit begnügen, daß er der Spion ist; ein Schiff, das leer über das Meer segelt und nichts außer sich selbst geladen hat? Wann werden wir je eine Sache auf der Welt sehen, die nur die Sache, die alleinige und absolute Sache an sich ist? Wir werden sie nicht sehen. Wir sind Rikschas ziehende Kulis. Wir sind bitter enttäuscht.

Am Kiosk der alten Wurstverkäuferin

KUNDE Geben Sie mir bitte eine heiße Wurst mit Weck. Ich wäre Ihnen sehr verbunden, wenn diese heiß wäre und der Weck weich. Die Wurst sollte ordentlich lang sein, zwei Meter. Auch der Weck. Ich hätte sie gern billig. Unsäglich billig. Es wäre mir recht, wenn ich sie geschenkt bekäme. Um kurz auf die Länge der Wurst zurückzukommen, es wäre mir lieb, wenn sie unendlich lang sein könnte und ein Geschenk. Und wenn Sie mir überdies zureden könnten, wie eine treusorgende Mutter, daß ich sie auch aufesse. Ich hätte gerne, daß Sie meine Mutter werden, doch nur in der Angelegenheit der Wurst, und über diese hinaus wünsche ich, daß Sie eine vollkommen fremde Frau für mich sind, allerdings wohlwollend. Ich wünsche, daß Sie vierzig Jahre jünger sind. Eine große Schönheit. Nackt. Nur unten rum. Ich will, daß Sie mich, nachdem Sie mir die endlose Wurst übergeben haben, sanft auf ein weiches Sofa betten, es wäre mir genehm, wenn es hier stünde, hinter Ihrem Stand. Ich will, daß Sie meine Mutter sind, um der Wurst willen, eine Freizeithure, der Nummer wegen, und Caroline, Prinzessin von Monaco, nach der Nummer, der wahnsinnigen Verliebtheit wegen, zwecks gemeinsamer Reise nach Monaco und Heirat. Bleibt die Frage, was wir mit der endlosen Wurst machen. Sie wird

den gesamten Raum des Universums beanspruchen, und für Monaco wird kein Platz bleiben. Ich hätte gern, daß Ihnen Barthaare sprießen, Sie werden sich in den Messias verwandeln, Sie werden das Problem der Wurst lösen und wieder Caroline, die Prinzessin von Monaco, sein. Bedenken Sie! Ich knüpfe große, ungeheure Hoffnungen an Sie. Solange Sie mir die Wurst nicht aushändigen, ist alles offen, alles möglich.
Die Alte überreicht ihm eine Wurst mit Weck.
Vielen Dank! Ein Jammer!

Die hoffenden Toten

Praktisch tot, aber immer noch voller Hoffnung, werden sie in die schmalen Kühlfächer der Todesflügel geschoben. Sie sagen sich, als spielten sie mit verglimmender Glut: »Oho, wo haben sie uns diesmal hingebracht? Vielleicht stecken sie uns in ein besonderes Behandlungsgerät, in dem man mit hohen Frequenzen neue Energien in uns strahlt, die uns von unserer tödlichen Krankheit befreien! Es wäre gut zu wissen, ob die Therapie schmerzhaft ist; es heißt, daß nicht. Es wäre gut zu wissen, wie lange sie angesetzt ist, interessant, ob sie anschlägt, uns plagt die Neugier, und wir hoffen, wir hoffen!«

Sie wissen nicht, oder sie wollen im Grunde nicht wissen, daß ihre Behandlung längst abgeschlossen ist. »Abgeschlossen?!« werden sie in ungeheurer Bitterkeit kreischen. »So schnell?! Hat man uns schon aufgegeben?! Ein Skandal?! Was? Beatmet man uns nicht weiter bis zur Unendlichkeit?! Strecken unsere Lieben so schnell die Waffen?! Ist es die Möglichkeit, daß sie insgeheim mit unserem Tod gerechnet haben?! Sollte der Arzt euch wahrhaftig mitgeteilt haben – o ihr mörderischen Nächsten –, daß wir verstorben sind, warum seid ihr dann nicht hereingekommen, um euch selbst zu überzeugen?! Warum habt ihr es geglaubt?! Warum habt ihr nicht schleunigst ein zusätzliches Gutachten aus Amerika angefordert?! Ginge es hier um Finanzen, so hättet ihr siebenundsiebzig Untersuchungen durchgeführt, gezählt und gefühlt und neue Kalkulationen angestellt und kombiniert, in diesem Fall jedoch seid ihr benachrichtigt worden, habt geschluchzt und ... ab ins Loch?!« All diese Fragen werden die Toten mit gellender, schriller Stimme in den höchsten Frequenzen auf der Schwelle zum Grab stellen. Indes, wenn sie in die Gefrierfächer geschoben werden, pfeifen sie, auch dies in äußerst hohen Frequenzen, mit beschwingtem Schaudern: »Sehr interessant! Sehr interessant! Eine neue Strahlentherapie, aus Schweden heißt es, wie hoch sind die Chancen?! Die Chancen, die Chancen?!«

Wenn die Kälte erfrierende Dimensionen annimmt und die Zeit regungslos verstreicht, ohne daß eine Veränderung eintritt, wird ihnen die Wahrheit bewußt: Dies ist keine neue medizinische Apparatur, sondern der gute alte Kühlschrank; der, in dem sie zu Lebzeiten Gemüse, Fleisch und Milch lagerten, um deren Frische zu bewahren. Der, den sie mit sicherer Hand öffneten, um seinen Inhalt zu überprüfen, während die zweite behaglich den Bauch rieb; und nun liegen sie selbst darin. Aus und vorbei mit Vorwitz und Bauchreiben. Wie grausam ist doch das unaufhörliche Summen des Motors, der unsere Leichen frostet!

Wie eine dramatische Schlagzeile, so dramatisch, daß sie die Grenze des Papiers, auf das sie gedruckt ist, überschreitet und die Buchstaben über die Ränder in der Luft hängen, so ragt die Hoffnung der Toten aus dem Kühlschrank, umhüllt ihn wie ein bekleckertes Fliegennetz. Und so ragt auch die Enttäuschung aus dem Grab und schwebt wie eine aufgeblähte Wolke darüber. Nicht von

Seelen sind wir umgeben, sondern von dem gellenden Geschrei der bohrenden Fragen unserer Toten. Wir retten uns zu den Signaltönen der Radionachrichten und versuchen, sie wißbegierig zu verfolgen.

Nach Sydney

Alle Augen sind nach Sydney gerichtet, auf den internationalen Kongreß der Gastroenterologie. Dort, an dem internationalen Kongreß, wird auch Schwester Hilde aus Deutschland teilnehmen, sie wird dort ein wenig herumreisen, das Barrier-Riff und den Ayers Rock und den Kakadu-Nationalpark, das neue Opernhaus von Sydney und natürlich den zauberhaften Hafen besichtigen; dort wird sie sich erbauen, die Schwester Hilde, die ein paar Monate später die Endoskopie durch den After in den Darm an dem Patienten Kirsch in Hannover durchführen wird. Folglich steht der Patient Kirsch gewissermaßen in Bezug zu Sydney. Er hat Sydney nie gesehen und nie besucht, und er wird es auch nie besuchen, aber diejenige, die einmal die Untersuchung an ihm durchführen und zur Diagnose des Krebsleidens, an dem er später sterben wird, beitragen wird, wird Sydney gesehen haben. Sie wird die herrlichen Orte, die wir erwähnten, besucht und phantastische Mahlzeiten eingenommen haben, die sie gut verdaut aus ihrem intakten Darm durch die beiden Hälften ihres Hinterteils in eine makellose, blitzblanke Toilettenschüssel ausgeschieden haben wird. Sie wird sich den After abgewischt haben, bis er ebenfalls blitzblank gewesen sein wird. Während der Patient Kirsch nur gegenwärtig blitzblank ist und es später nicht mehr sein wird, in seinen letzten Tagen, wenn er seinen Schließmuskel nicht mehr unter Kontrolle haben wird. Und schon gar nicht dann, wenn er tot und in der Erde begraben sein wird. Das heißt, die Untersuchung der Schwester Hilde, obgleich berechtigt und erfolgreich, wird sein Leben nicht retten. Völlig umsonst, aus seiner Perspektive, fliegen Flugzeuge, die die Kongreßteilnehmer nach Sydney bringen. Schwester Hilde wird etwas über effiziente Wege des Einsatzes der Gastroenterologie erfahren, aber es wird ihr nicht gelingen, Kirschs Leben zu retten. Das ist auch nicht ihr Ziel. Ihr direktes Ziel ist eine Fortbildung im Einführen des Rektoskops in den After, und in dem Moment, in dem sie in Sydney verweilt, verfolgt sie auch das Ziel, die wunderschöne Hafenstadt zu genießen. Während sie sich in Sydney aufhält, kennt sie den Patienten Kirsch noch nicht, und später, wenn sie seine Bekanntschaft machen wird und er sich vor Schmerzen krümmt, wird sie sich deutlich an Sydney erinnern. Sydney wird ihr noch lange in Erinnerung bleiben, nachdem sie Kirsch längst vergessen haben wird. Zur Zeit des Kongresses, während Hilde den Hafen von Sydney besichtigt, wird Kirsch sich noch nicht vor Schmerz krümmen, sondern nur einen Druck verspüren und gedämpfte, unbestimmte Beschwerden. Er wird nach einer Sitzung auf der Toilette den Blick nach hinten richten und alles andere als Sydney sehen. Sydney wird ihn in diesem Augenblick nicht interessieren. Hildes Interesse hingegen gilt Sydney. Zwar sieht auch sie nicht Sydney, wenn sie sich von der Klobrille erhebt und zurückblickt, aber sie muß es auch nicht sehen, denn sie ist in Sydney. (In gewisser Weise wird sie doch Sydneys ansichtig, denn alles, was sich in Sydney befindet, ist Sydney.) Kirschs Gesicht wird diffuse Ängste ausdrücken. Die Angst vor einer bösartigen Krankheit wird allmählich von seinem Hirn Besitz ergreifen. In Hildes Hirn keimt keinerlei Angst vor Kirschs Krebs – zumal sie ihn noch gar nicht kennt – und auch keine Angst vor einem eigenen Krebs. Was Schwester Hilde hinter sich gewahr wird, sind die Reste eines köstlichen, trefflichen australischen Hammels der Sorte Marino, den sie sich während eines Abendessens am Vortag zu Gemüte geführt hat. Sie hat diese Mahlzeit aufs äußerste genossen. Desselben Hammels, der, während sich Schwester Hilde zwei Tage zuvor auf ihrem Flug nach Sydney auf ihrem Sitz räkelte, wobei ihre beiden Hinterbacken sich ein wenig spreizten und die Vertiefung unter ihnen zu einer leichten Öffnung des Afters führten, sein letztes Angstblöken im Schlachthof von Sydney ausstieß, bevor er geschlachtet und zu saftigen Koteletts verarbeitet wurde, deren Überreste aus jener Afteröffnung dieser Hilde ausgetreten sind. Sie genießt das Abendessen weidlich, und am nächsten Morgen wird sie die zur Unkenntlichkeit verarbeiteten Teile des Hammels in die blitzblanke Schüssel, deren Sitzfläche gemütlich warm ist, ausscheiden. Dem Hammel wird es nichts nutzen, daß er selbst aus Australien gebürtig ist, während Hilde Touristin aus Deutschland ist, denn sie hat ihm gegenüber den Vorteil, daß sie eine Frau ist und er ein Hammel. Die Ortsansässigkeit wird ihn in diesem Fall nicht schützen. Sein Fleisch, dessen Reste durch ihren After in die Kloschüssel gelangen, wird ihr die Kraft geben, an dem Kongreß teilzunehmen. Und somit wird der Hammel indirekt zur Entwicklung der Gastroenterologie in der Welt beitragen. Er wird ihren Anus passieren für die schnelle Heilung der After vieler Menschen auf der Welt, wiewohl der Patient Kirsch nicht mehr in den Genuß schneller Linderung kommen wird. Kirsch wird bis zu seiner letzten Stunde nicht wissen, daß er indirekt im Zusammenhang mit Sydney steht. Er wird nicht in die Erde hinuntergleiten mit der Legitimation, stolz vor den übrigen Erdbewohnern zu verkünden: »Ich hatte etwas mit Sydney.« Er wird tot in die Erde geworfen werden und schweigen. Möglicherweise wird Schwester Hilde zu einem weiteren Kongreß fahren, nicht zwingend nach Sydney. Wenn sie wahrhaftig an einem weiteren Kongreß teilnehmen wird, ist davon auszugehen, daß sie auch dort ihre Notdurft verrichten wird, und wieder mit robuster Gesundheit, wie vordem mit größter Annehmlichkeit in der schönen Hafenstadt Sydney.

Der Pisser

Der Pisser sitzt mit einer jungen Frau im Kino. Neben ihnen sitzt ein fremder Mann. Der Film läuft.

PISSER *leise zu der jungen Frau.*
Ich war pissen, bevor der Film begonnen hat, und nun muß ich schon wieder. Ich weiß nicht, was los ist, immer im Winter ...

FREMDER Schscht!

PISSER *noch leiser* ... eigentlich auch im Sommer. Weiß der Teufel, was das ist. Die Prostata oder die Blase.

FRAU *nebenbei, auf den Film konzentriert.*
Möglicherweise beide.

PISSER *melancholisch.* In der Tat, vielleicht auch beide. Daran habe ich noch nicht gedacht. Vielleicht auch alle vier, Prostata, Blase und Nieren.

FREMDER Schscht!

PISSER *flüsternd.* Erzähl mir später, ob etwas Komisches passiert ist.
Steht auf und geht. Auf der Leinwand erscheint etwas Urkomisches. Die Frau und der Fremde lachen lauthals, wechseln einen Blick, fallen voller Leidenschaft übereinander her, trennen sich, als der Pisser zurückkehrt und den Platz neben der Frau einnimmt.
Hab ich was verpaßt?

Frau Eine phantastische Szene. Der Hauptdarsteller ist mit einem Motorrad geflohen, später mit einem Auto, per Schiff, per Elefant, per Zug und per Flugzeug und ist rechtzeitig zur Hochzeit angekommen. Es war zum Schießen.

Pisser Ich habe in der Zeitung gelesen, daß das tatsächlich die beste Szene des Films sein soll. Ausgerechnet da mußte ich pissen. Ausgerechnet bei dieser Szene. Ausgerechnet bei dieser Szene.

Frau Die Szene ist wirklich einmalig.

Pisser Und ich habe einfach gepinkelt.

Voller Zorn über sich selbst.

Anstatt die tollste Szene im Film zu sehen, habe ich die Wand im Pissoir gesehen, meinen Urin und die Reste von anderen, und vor lauter Eile hielt ich inne, bevor meine Blase vollends leer war, und habe mir den Latz zugeknöpft, aber eine Blase kann man nicht betrügen. Und so war ich gezwungen, die Hose wieder zu öffnen, noch ein paar Tropfen abzugeben und nochmals zu schütteln, und das Ergebnis war, daß ich doppelt so lange gebraucht habe. Vor lauter Gedanken an Verluste verliere ich stets über Gebühr.

Frau Du hast recht. Ehrlich gesagt: Als du auf dem Klo warst, habe ich hier eine Bekanntschaft gemacht …

Sie zeigt auf den Fremden neben ihr … und wir haben uns ineinander verliebt.

Pisser Ihr kennt euch doch gar nicht!

Fremder Mein Name ist Konstantin.

Frau Sein Name ist Konstantin, und wir wollen zusammenziehen zwecks gemeinsamen Zusammenlebens.

Pisser *schockiert.* Was? All das ist in den zwei Minuten, während ich pinkeln war, passiert?!

Frau Ja. Ich liebe ihn und er liebt mich, wir haben viele

Gemeinsamkeiten, er interessiert sich für Marionettentheater und hat darüber eine Magisterarbeit geschrieben, übrigens, er ist ein ungewöhnlich interessanter Gesprächspartner.

FREMDER Ja.

PISSER Ich verstehe nicht... Ich verstehe überhaupt nichts... Ich war nur für einen Moment auf dem Klo...

FRAU Ich wünsche dir Erfolg im Leben und alles Gute, und ich hoffe sehr, daß wir Freunde bleiben und daß dir die Genesung deiner Prostata, deiner Blase, der Nieren und auch der anderen Sachen, die du nicht erwähnt hast, gelingt.

PISSER *fährt fort, schockiert zu murmeln.*

Ich war nur eine Minute lang auf dem Klo...

FRAU Übrigens, während du dort warst, ist hier die Frau vorbeigekommen, die einmal deine große Liebe war und die du nicht gekriegt hast, erinnerst du dich? Du hast sie mir mal auf der Straße vorgestellt.

PISSER Die, die der Schauspielerin Marina Vlady so ähnlich sieht?

FRAU Genau die.

PISSER *heftig erregt.*

Wo ist sie?

Er springt auf.

FRAU Sie hat das Kino verlassen, als du gerade draußen warst.

PISSER *setzt sich.*

Als ich gerade draußen war!

FRAU Sie sieht noch besser aus als früher. Genau wie ein Kinostar.

PISSER Ich hätte sie eh nicht gekriegt.

FRAU Im Gegenteil. Sie ist zu mir gekommen und hat gefragt, wohin du verschwunden bist, denn sie hat dich vor Beginn der Vorstellung gesehen. Ich sagte ihr, daß du aufs Klo bist, und sie sagte, es sei sehr bedauerlich, denn sie fühle plötzlich, daß sie dich all die Jahre, ohne es zu wissen, geliebt habe.

PISSER *erhebt sich aufgewühlt.*

In welche Richtung ist sie gegangen?

FRAU Es ist so, daß sie nicht warten konnte. Sie mußte sofort mit einem Taxi zum Flughafen fahren, denn man erwartet sie zu den Dreharbeiten eines Monumentalfilms in Australien ...

PISSER Australien?!

FRAU Im hintersten Zipfel Australiens.

PISSER *setzt sich.*

Woher soll ich Geld und Mut nehmen, um nach Australien zu fahren?!

FRAU Es ist so, daß dich direkt nach ihr auch der Produzent gesucht hat, der dein Drehbuch kaufen wollte, weißt du noch?

PISSER Der auch?!

FRAU Ja. Direkt nach ihr ist auch der aufgetaucht. Er war bereit, auf der Stelle zweihunderttausend Dollar plus Prozente zu zahlen, aber weil du nicht hier warst und er es eilig hatte ...

PISSER *steht auf.*

Wohin?

FRAU Er ist ihr zum Taxi gefolgt, denn er ist der Produzent ihres Filmes in Australien, und sie konnten es sich nicht leisten, den Flug zu verpassen.

PISSER *setzt sich.*

Und so sind mir auch noch zweihunderttausend Dollar durch die Lappen gegangen, mit denen ich ihr nach Australien hätte folgen ...

FRAU Ja, aber wozu?

PISSER Du hast doch gesagt, sie hätte gesagt, daß sie mich liebt ...

FRAU Ja, allerdings hatte sie genug von der Warterei. Sie hat gesagt, wenn sie dich nicht auf der Stelle bekäme, würde sie dem Drängen des Produzenten nachgeben, denn auch er ist in sie verknallt. Und er hat mir gesagt, daß er vorhabe, schon im Taxi um ihre Hand anzuhalten. Sie hatte schon vorher bemerkt, wenn sie dich nicht sofort erreichen und er ihr die Heirat anbieten würde, würde sie ohne zu zögern einwilligen, so daß sie jetzt schon einander versprochen im Taxi auf dem Weg nach Australien sitzen.

Lange Pause. Der Pisser ist bestürzt. Endlich.

PISSER Kam sonst noch einer vorbei?

FRAU Kein Mensch. Seit du zurück bist, herrscht Ruhe.

Optiker

Heiter, an der Grenze zur Ausgelassenheit, kommt ein Mensch zu einem Optiker, um die Brillengläser zu wechseln oder um eventuell ein neues Gestell zu erstehen, ein passenderes, das der neuen Mode mehr entspricht. Dem Anschein nach eine rein medizinische Angelegenheit, und was gibt es Bedrohlicheres und Schlimmeres für uns als das Feld der Medizin. Dennoch: Er verspürt keinerlei Angst. Das Wesen des Menschen beim Optiker ist von einer Art Wohlbehagen bestimmt: Ich bin hier zwecks Brille. Nicht zwecks Tod, nicht zwecks Operation, nicht zwecks Schmerz, nicht einmal wegen des Anflugs einer Hämorrhoide – eine Brille, nichts weiter. Es geht nicht einmal um ein Gebrechen, wenn überhaupt um einen Defekt. Aber welcher Einfaltspinsel würde es wagen, eine Myopie einen Defekt zu nennen? Eine Frau hat sich sogar einst zu der Bemerkung hinreißen lassen, welche Anmut diese Kurzsichtigkeit unseren Zügen doch gewissermaßen verleihe, so weit ist sie gegangen. Eine Frau, und sie sagte Anmut – nicht weniger. Sie hat uns zwar nicht geheiratet, sie hat einen anderen genommen und ist nach Kanada gegangen, aber auf keinen Fall wegen der Brille, nein, sie fand Sümpfe und Abgründe in uns, aber in ganz anderen Bereichen. Und sie hätte beinahe in eine Ehe eingewilligt,

Sumpf und Abgründe zum Trotz, so weit ist sie gegangen. Dann ging sie nach Kanada.

Wir hätten um ein Haar den Optikerladen mit einer Konditorei verglichen, so weit kann es kommen. Zwar werdet ihr sagen, in der Konditorei gibt es Kuchen und den Geschmack der Süße auf der Zunge, und sie übertrumpft damit gewissermaßen den Optiker, aber auch der Optiker ist noch nicht am Ende. Der Optiker wird sich zu Wort melden: Und bei mir gibt es Brillen! Die Torte ist für die kurze Sicht. Hast du sie erst verschlungen – aus und vorbei; die Brille hingegen – ist für die Ewigkeit! Und das neue Gestell – eine neue Persönlichkeit, wir werden ein anderer sein, ein anderer. Alles wird sich zum Guten wenden. Wir werden brandneue Frauen kennenlernen, Französinnen, weich und knackig gleichermaßen, auch sie Brillenträgerinnen. Und wie erregend wird es sein, ihnen beim Ausziehen zuzusehen, wenn nichts als die Brille bleibt. Die Blöße an sich ist erregend, und die Brille beweist, daß sie uns weiterhin mit höchst strengem Blick inspizieren, und das ist es, was wir so unsäglich an ihnen schätzen. Schenkel und Strenge – nicht einfach Strenge, sondern Unerbittlichkeit. Und wir haben noch gar nicht über die neuen Gläser gesprochen, die unsere Sicht klären und erfrischen werden. Zu kecken Jugendlichen werden wir werden, wie früher werden wir in Bälde über Strände laufen, unsere Jugend wird wiederkehren. Alle Versäumnisse werden nichtig, die Zukunft wird uns in hellem Licht erstrahlen. Und wir haben noch nicht erwähnt, daß die Brille unserer Gesundheit dienlich ist, die Torte uns hingegen auf lange Sicht schadet. Ha, meine Herrschaften, nehmt euch die Konditoreien und überlaßt uns den Optiker! Und mit einem geheimnisvollen Lächeln flüstern wir ergänzend in eure Ohren: Was hindert uns daran, uns nach dem Optiker in eine Konditorei zu schleichen? Beide schließen einander nicht aus. Und schon sehen wir klar. So werden wir vorgehen: Brille und Kuchen. Wir werden heute abend über die Stränge schlagen, was ist schon dabei, und wer will es uns verbieten? Mutter? Wir haben längst keine Mutter mehr. Tot. Wir gehen zu Bett, wann es uns paßt, und wir würden Kognak trinken, wann immer uns der Sinn danach stünde, und wir würden Französinnen kennenlernen, wenn sich uns die Gelegenheit dazu böte; unsere Mutter ist nicht mehr, und wir sind davon befreit, ihr Zeugnis abzulegen. So frei, beinahe hätten wir gesagt – verlassen. Um so mehr, weil die Gewisse nach Kanada gegangen ist. Und wir sind allein zurückgeblieben.

Ein Wort wird zwischen Optiker und Mensch gewechselt, ein Witz wird hinterhergeschoben, eine gemeinsame Lachsalve wird ausgestoßen. Die Wahrheit ist: Das Lachen zog sich ein wenig mehr in die Länge als angebracht. Der Optiker schätzt den finanziellen Aspekt. Der Mensch sein erneuertes Sehvermögen und die Veränderung seiner Persönlichkeit. Beiden ist es angenehm, daß sie in diesem Moment von Todesangst befreit sind. Es ist angenehm und schön zu leben.

Ein letztes Wort – wie auch anders? – an alle Diebe unseres Landes. Nehmt euch in acht, ihr kleinen Ganoven. Ein Mann mit Falkenauge ist im Begriff, den Optikerladen zu verlassen. Er wird eure strauchelnden Versuche sehen, Nebensächlichkeiten zu entwenden. Euer ganzes jämmerliches Leben wird er mit seinem scharfen Blick umkreisen und euch denen ausliefern, die dafür zuständig sind. Wie erbärmlich ihr doch seid. Warum geht ihr nicht zu einem Optiker? Warum streunt ihr nachts durch die Straßen und zieht euch an Regenrinnen hoch? Was ist es, das euch nicht ruhen läßt? Hat euch die Geliebte verlassen und ist nach Kanada gegangen? Ach, wenn diese kleine, quälende Sache nicht wäre, daß sie einen anderen genommen hat. Und daß sie nach Kanada gegangen ist, während wir zurückgeblieben sind.

Eine Frau vor einem Haus in einer Blumenwiese unweit von Attica, Indiana

Da stehst du, an die Fassade deines Holzhauses gelehnt, in den Weiten einer offenen Wiese, es ist Sommeranfang, rote Blumen, orangefarbene, weiße, grünes Gras, freudvolles Licht, all dies umgibt das Haus, umgibt dich, die wohlriechende Luft flimmert vor Frohsinn, und du in einem geblümten Rock, in einem weiten Rock, auch er an sich eine wunderbare Wiese. Dein Haar ist goldbraun. Alles an dir ist makellos …

Ein Landhaus im alten Stil, unverfälscht. Eine warme Verschlissenheit, die an Kindheitsgeschichten über das weite Amerika des Südens erinnert, an die Felder in der Sonne, die Ferne, Amerika, wo die Frauen schön und üppig sind und das Essen gut ist, ebenfalls üppig …

Du bist Gail Williams-Miller, die mit einem sanften Lächeln sagt: »Ich und mein Mann führen ein erfülltes, anregendes Leben in Attica, Indiana, und wir brauchen öfter etwas Tapeten- und Klimawechsel. Ich wollte ein angenehmes, ruhiges Haus für die Wochenenden. Hier können wir unsere Gedanken sammeln, verschnaufen, über die Blumenwiesen spazieren, auf einem gefällten Baumstamm sitzen, dem Quaken der Frösche und dem

Zirpen der Grillen lauschen und manchmal, mit etwas Glück, die Nachtigall singen hören.«

Spazierengehen, herumsitzen, denken, lauschen. Sie ist wunderbar, diese Gail. Wie wir sie so aufmerksam betrachten, stellen wir uns vor, wie wir hinter ihr stehen, den Blick von der Bluse zum Rock senken, und bei allem Respekt für den Sommer und die Blumen und das Holzhaus und insbesondere den Gartentisch, der vor Anmut überquillt, wollen wir unbedingt dorthin, dorthin – mit aufgerissenem Mund und aufgerichteter Zunge – unter den Rock, von hinten, zwischen die beiden Backen! ... Ah, dorthin, dorthin! ... Hier liegt, was wir mit schwerem Herzen und verkrampfter Magengrube in den gesamten Weiten des großen Indiana, in der Unendlichkeit Amerikas suchen.

Die graublauen Augen von Gail Williams-Miller fixieren uns. Ohne ein Wort von ihr wissen wir, daß wir Strafe verdienen und zu einer Stunde Klo verdammt sind. Wir sind schon dort, in dem engen Kabuff, in der Dunkelheit. Gails Gesichtsausdruck ändert sich nicht. Was hatten wir nun davon? Vergebens haben wir gesucht, vergebens, denn du wirst nie die unsere sein, heute nacht wirst du dich mit deinem Mann Justy vergnügen, dem Inhaber des Familienbetriebs aus der Stahlbranche in Attica. Du weißt nicht einmal von unserer Sehnsucht, von unserer Existenz. Du stehst neben dem Gartentisch, an der Wand deines Wochenendcottage, mitten in der Blumenwiese, dort, auf der Photographie in dem Magazin für Architektur und Innenarchitektur, das wir in unseren Händen halten.

Und bei dieser Gelegenheit ein paar Worte an die Herausgeberin des Magazins, Cecilia Hubert Moore: Bitte mehr Bilder zum Thema Inneneinrichtung, insbesondere von Badezimmern und Toiletten, vor allem von letzteren, und nach Möglichkeit von Klosettschüsseln, insbesondere aus der Froschperspektive, von innen, wenn eine Frau, sagen wir Gail Williams-Miller oder eine andere Amerikanerin, nicht zu alt, eventuell sogar Sie selbst, darauf thront.

Das Zimmer

Im Zimmer steht ein Mensch, ein wenig nach vorne gebeugt, den Kopf zur Seite geneigt, als lausche er einer rätselhaften Musik. Er horcht nicht. Sein Auftritt basiert auf einer Täuschung, und dies ist ihm bewußt. Worin besteht seine Täuschung? Im Grunde in nichts, in einer Art innerer, grundsätzlicher Unehrlichkeit, die sich mitnichten an einem ersichtlichen Betrug festmachen muß.

Vor ihm, drei, vier Schritte von ihm entfernt, sitzt eine junge Frau; sie beugt sich nach vorn, ihre Ellbogen sind auf ihre Schenkel gestützt, ihr Kopf liegt in ihren Handflächen. Sie scheint in sich versunken, drückt mit den Fingern ihrer Hand gegen ihre Wange, gegen die sie von innen ihre Zunge stößt, als gelte es, etwas in ihrer Mundhöhle zu untersuchen, vielleicht einen schmerzenden Zahn. Ihr fehlt nichts, ihr Mund ist gesund und frei von Schmerz, und ihre Speicheldrüsen ölen ihn mit einem kräftigen, durchsichtigen Sekret. Doch sie versucht sich zu vertiefen und auf eine Sache zu konzentrieren, um den lästigen Forderungen des unehrlichen Mannes zu entgehen. Und in der Tat fordert er, ohne ein Wort zu verlieren. Sein ganzes Wesen sagt, ja schreit: »Ich weiß es, mit dir, nur mit dir werde ich glücklich werden!« Die junge Frau erträgt es nicht. Sie will ihn nicht, mehr noch, sie ist seiner überdrüssig. Er ist ihr unangenehm. Sie lenkt also ihr Interesse auf den Hohlraum ihres Mundes, dort, dem Anschein nach, nimmt sie den Beginn eines Schmerzes wahr. Ihre Stirn ist gefaltet, als demonstriere sie: Diese Situation gefällt ihr nicht, sie amüsiert sie nicht, sie findet es widerlich, daß man sie so angafft.

»Wie abstoßend bin ich geworden ...« Die Worte fahren durch das Hirn des Mannes, von einer einfachen, kindlichen Melodie begleitet, und dennoch bleibt er stehen, ein wenig gebeugt, den Kopf zur Seite geneigt, als folge er einer edleren, unergründlichen Weise. Er kann nicht umhin, aus seinen Augenwinkeln – und die Augen tun ihm von der Anstrengung weh –, ohne seinen Kopf direkt zu wenden, die Knie der jungen Frau zu begaffen, die unter dem kurzen Rock sichtbar sind. In der Tat eine fundamentale Unaufrichtigkeit.

Neben dem Eßtisch, auf einem hochlehnigen Stuhl, sitzt eine Greisin, die Mutter der jungen Frau, ihre Tante oder Großmutter, eine, der eine Rolle auf der Bühne des Lebens gegeben wurde – nämlich die der Unzufriedenheit. Ihre Knie sind züchtig geschlossen, ihre Hände liegen auf dem Tisch, gefaltet, und sie reibt schnippend die Daumen gegeneinander. Ihre Augen sind in die Höhe gerichtet, Richtung Decke, und die Augenbrauen hochgezogen, als wolle sie sagen: »Ich bin nicht da ... Ich weiß von nichts ... Was geht es mich an ...« Und nur ihr Mund, der zur Nase hin schief ist, bringt zum Ausdruck: »Es behagt mir nicht, nein, es behagt mir ganz und gar nicht.« Es mutet an wie ein Wettbewerb, der zwischen den Mannschaften Mund-Nase und Augen-Augenbrauen stattfindet. Je mehr die Gruppe Nase-Mund ausdrückt: »Es behagt mir nicht«, desto größer die Bemühung der Augen-Augenbrauen-Gruppe zu betonen: »Ich bin nicht hier ... Ich weiß von nichts.«

Die Atmosphäre im Raum ist starr und angespannt. Keiner rührt sich. Bis auf die reibenden Daumen der Alten – Stille, Schweigen. Insbesondere die Haltung des unredlichen Mannes stört. Weil er dasteht und sein Kopf gebeugt ist, beginnen seine Muskeln zu schmerzen, doch er wagt nicht, seine Position zu ändern, er ist ganz Seele und Wunsch. Seine Augen tränen vor Anstrengung, zur Seite zu schauen, zu den Knien der jungen Frau, ohne den Kopf zu bewegen. Die Muskeln seines Nackens, seines Halses und seines Rückens tun weh. Seine Beine werden schwer. Er sähe es gern, wenn er sich gestatten könnte anzunehmen, die junge Frau leide unter dem inneren Kampf gegen die Stärke ihrer Liebe zu ihm, oder wenn er wenigstens davon ausgehen könnte, daß, wenn er lange genug in ihrer Anwesenheit verweilt und seinen Charme in ihre Richtung sprüht, sie sich daran gewöhnen würde, ja sich daran berauschte und die Seine würde. Aber nein. Er ist unaufrichtig gegenüber der Welt, doch sich selbst belügt er nicht. Er weiß sehr wohl, was sie tut. Sie flieht vor ihm, diese Überzeugung wird ihm niemand nehmen. Sie rettet sich zum Schmerz ihrer Zähne. Bald werden sie ihr tatsächlich weh tun, so sehr konzentriert sie sich darauf. Und der Mann spürt, daß seine Unehrlichkeit stetig wächst, er weiß selbst nicht mehr, ob er betrog und wann, sondern aus einem Gefühl der Kapitulation und der vollendeten Verzweiflung heraus weiß er nur, daß er ihrer nicht würdig ist.

Eine Stunde vergeht. Die Sicht im Zimmer trübt sich. Vielleicht weil das Licht im Fenster abnimmt, oder auch wegen der Mobilisierung aller inneren Kräfte. Vor den Augen des Mannes und der jungen Frau, von der Mühsal der Konzentration tränend, verwischt sich die Gestalt der Alten immer mehr. Oder steckt mehr dahinter? Hat die

Alte sich so sehr bemüht, mit ihrem »Ich bin nicht da«, daß sie tatsächlich ganz allmählich verging; hob und hob sie die Brauen mit solch starker Kraft, daß sie in der Tat mit deren Hilfe von ihrem Stuhl abhob? Denn, siehe da, ihre Gestalt zieht sich in die Länge, schwebt Richtung Decke, gleichzeitig verflüchtigt sie sich zu einer Art abnehmendem Dunst, schwächer und schwächer, bis sie sich vollkommen auflöst und nicht mehr ist.

Zurück im Raum bleiben zwei unglückliche, auf ihren Plätzen erstarrte Menschen. Hätte die junge Frau Zahnschmerzen, stünde sie auf, ginge hin und her, seufzte, würde sogar eilig das Zimmer verlassen und rennen, um einen Arzt anzurufen. Aber weil sie keinerlei Schmerz verspürt, sondern nur ein Streben nach dem Schmerz, und weil dieses Streben andauert, das heißt, sie sich inmitten eines inneren Prozesses befindet, kann sie sich nicht von der Stelle rühren. So auch der Mann. Hätte er schließlich wahrhaftig betrogen, würde er sich verschämt zurückziehen, aber hier liegt kein realer Betrug vor, nur eine angespannte Stimmung, die ihn an seinem Platz festnagelt. Die Prozesse sind zentriert, zwei durchdringende Wünsche, nicht Menschen sind hier, sondern zwei Energiebündel, oder wenn ihr wollt, zwei schrille, anhaltende Signale, deren Frequenz – wie das kosmische Signal – sich jenseits des menschlichen Ohrs befindet. Und die zumindest das kurze Bellen eines Hundes aus der Nachbarwohnung nach sich zieht.

Nach dreißig Jahren

Ein Mann ruft an. Eine Frau hebt ab.

MANN Hallo?

FRAU Ja bitte?

MANN Spreche ich zufällig mit Beba?

FRAU Am Apparat.

MANN Guten Tag, hier ist Max.

FRAU Wer?

MANN Max.

FRAU Ich kenne keinen Max.

MANN Du kennst mich, aber du erinnerst dich vielleicht nicht an mich.

Pause.

Wir haben sogar einmal daran gedacht zu heiraten.

FRAU *nach einem Moment angestrengten Nachdenkens – plötzlich, in einer Art Freude, vermischt mit der Unmöglichkeit, die Begeisterung der Vergangenheit aufzubringen.* Ach du bist es, Max! Ist es die Möglichkeit?

MANN Max!

FRAU Was veranlaßt dich dazu, auf einmal bei mir anzurufen? Es ist dreißig Jahre her! Eher länger!

MANN Ich bin gerade in der Stadt. Ich habe mich gefragt, ob du immer noch wartest.

FRAU *lacht.* Also wirklich! Dreißig Jahre!

MANN Ich habe es mir gleich gedacht.

FRAU Was hast du dir denn vorgestellt, daß die Zeit stehengeblieben ist?

MANN Ich habe halt gedacht. Man macht sich so seine Gedanken.

FRAU Ich habe schon vor langer Zeit geheiratet, Max.

MANN Herzlichen Glückwunsch.

FRAU Ich habe meinen Mann verloren.

MANN Das heißt, du bist wieder ...

FRAU Und dann habe ich mich wieder verheiratet.

MANN Und, hast du den auch verloren?

FRAU Nein.

Pause.

MANN Vielleicht erinnerst du dich zufällig an so ein kleines Plastikfutteral mit einem Schlitz, das ich damals bei dir liegengelassen habe?

FRAU Nein. Nach dreißig Jahren ...

MANN Ich kam zufällig in der Stadt vorbei und dachte, ich hole es ab.

FRAU Nein, ich kann mich an kein Futteral und an keinen Schlitz erinnern. Und wenn es so ein Futteral gab, dann ist es mit Sicherheit längst verlorengegangen.

MANN Schade. Ich brauche es unbedingt.

Pause.

Du sagst also sowohl, daß du verheiratet bist, als auch, daß du das Futteral für das Kleingeld verloren hast.

FRAU Ja, so verhält es sich in etwa.

MANN Ich kam halt zufällig in der Stadt vorbei und dachte ...

Pause.

Dann alles Gute, Beba, und auf Wiedersehen.

FRAU Danke gleichfalls.

Der Generalstabschef von China

Eine alte Jüdin berichtet.

FRAU Ich erhielt ein offizielles Angebot von der chinesischen Regierung, Generalstabschef der chinesischen Truppen zu werden. Ich weiß nicht, was ich davon halten soll, ich begreife es nicht. Die Chinesen sind an mir interessiert. Am Anfang habe auch ich gelacht. Ich sagte: »Nein, so was! Man macht sich über mich lustig, vielleicht die vom Radio!« Der chinesische Außenminister rückte mit seinem Stab an. Ich sagte: »Nein, so was! Sie haben sich maskiert. Sie haben eine alte Frau aufgetrieben, die sie auslachen wollen.« Die Chinesen lachten nicht. Da brach ich plötzlich in Tränen aus. Ich weinte über alles, darüber, daß ich meinen Mann verloren hatte, über die Einsamkeit, die Schwere, die Hitze, die Wohnung und überhaupt, und die Chinesen küßten mich und sagten: »Willigen Sie ein, willigen Sie ein, werden Sie unser Generalstabschef, wir bitten Sie.« So bettelten sie, und ich: »Seid ihr übergeschnappt? Was denn? Ich? Chinesisch spreche ich nicht, von militärischen Angelegenheiten verstehe ich nichts, mein Mann kannte sich ein wenig in der Politik aus ...« – »Nein«, antworteten die Chinesen, »seien Sie unbesorgt! Was die Sprache anbelangt, so stellen wir Ihnen Übersetzer zur Verfügung, und was das Militär angeht, werden wir

Ihnen Berater zur Seite stellen. Sie werden nur der Generalstabschef sein!« – »Was habt ihr davon?« Ich sagte: »Was ist an mir Besonderes?« – »Das Besondere an Ihnen ist«, sagten die Chinesen, »daß die chinesische Armee Sie will, gerade Sie. Und der staubige, chinesische Kämpfer, der nachts auf seinem Posten steht, ist Ihnen treu ergeben, und Ihnen wird er folgen. Er möchte es, und damit basta.« Ich fühlte mich..., ich kann es nicht beschreiben. Wenn das doch nur mein verstorbener Mann hören könnte! Ich weigerte mich. Und die Chinesen sagten: »Warum denn, wir werden Ihnen alles geben, alles geben, was Sie wünschen, zehntausend Dollar im Monat, in Dollar, und eine Rente für den Rest des Lebens, man wird Ihnen salutieren und alles tun, was Sie sagen.« Ich weinte bei den zehntausend Dollar und verspürte eine Art Druck im Hals, wie ich ihn immer fühle, wenn man über Geld redet, ob über Einnahmen oder Ausgaben. Und hier ging es um viel Geld. Sie würden salutieren. Und mir die Ehre erweisen. Und mir zuhören. Mich lieben. »Und was ist mit dem Barett, werde ich ein Barett tragen müssen?« – »Man wird Ihnen ein schönes Barett anfertigen, extra für Sie, wie in den alten Filmen. Man liebt Sie in China!« So sagten sie, und ich weinte wieder. Was findet die chinesische Armee an mir... »Wissen Sie das nicht?« sagten sie. »Wissen Sie denn nicht, wer und was Sie sind? Hier – ein Nichts, und dort – im Fernen Osten – redet man über Sie und denkt an Sie, dort sind Sie jemand, eine Person, ohne die das Heer nicht mehr denkbar ist!...« – Sucht die chinesische Armee nach einer Mutter? Sie haben keine Erklärung. Sie wollen es, und basta. Man liebt mich in China, sie lieben mich, weil sie mich lieben. Merkwürdiges, sonderbares Leben, eine Welt voller Kuriositäten, eine unverständliche, unberechenbare Welt, eine Welt, in der China wie ein Schatten existiert, um große Unruhe über unsere Nächte zu bringen. Mein Herz ist in Aufruhr. Sie warten auf eine Antwort. Ich denke viel an China. Was wird aus China? Und aus mir? Abgründe tun sich auf. Ich weine und weine …

Revue

Nach der Pause, in der man das Publikum mit dem Auftritt von Akrobaten, Clowns und anderen Nebenkünstlern vorbereitet und aufgeheizt hatte, begann der zweite Teil, der Hauptteil, der Teil der ersehnten Frauen.

Blasinstrumente, feierlich, aber dennoch dezent, kündigen an, daß der Star Dolly Schejnwald die Bühne betreten wird. Sie schreitet aufrecht. Sie ist bildschön. Auf ihrem Körper trägt sie ein schwarzes Kleid mit tiefem Ausschnitt, ihr Haar ist schwarz, und ihre Stimme ist ein sinnlicher, ein wenig heiserer Alt. Die beiden Junggesellen auf den Höhen des Rangs wissen, daß sie nie die Ihre sein wird, daß schon jemand die Rechte auf sie hat, schließlich ist sie die berühmte Dolly Schejnwald. Sie schöpfen ihr Wissen aus einem langen Artikel in einem Frauenmagazin, doch auch ohne es schwarz auf weiß gesehen zu haben, hätten sie es gewußt. Denn wie könnte es anders sein? Wird es je einen Moment des Vakuums geben, in dem Dolly Schejnwald frei wäre? Widernatürlich, unwahrscheinlich. Sie wird immer einen haben, einen vom Feinsten, darauf könnt ihr wetten. Ein Juwel wie sie wird ein zweites Juwel abbekommen, und keinen von den billigen Plätzen, keinen aus dem gemeinen Volk auf der Tribüne, das in seinem Gestank schwitzt vor lauter Leidenschaft, die nicht zum Tragen kam. Darum hoffen sie nicht. Darum lauschen sie dem Gesang, versuchen sich auf die künstlerische Seite zu konzentrieren, doch natürlich nicht ohne zu bemerken, worauf die Rundungen unter dem leichten, beinahe durchsichtigen Kleid einen Hinweis geben. Nach dem stürmischen Applaus senken sie die Köpfe auf ihre eingefallenen Brustkörbe, als gestünden sie sich ein, jeder für sich voller Trauer und Aufrichtigkeit: »Sie ist nichts für uns.«

Später, am Ende der Vorstellung, werden die beiden ledigen Freunde durch die Straßen gehen und neben einem gemeinen Kichern ein abfälliges Wort über den Intimbereich des Stars Dolly Schejnwald verlieren, ja, das können sie sich leisten und schöpfen es auch weidlich aus. Eine Art Befriedigung von Eunuchen, mit groben Ausdrücken, die die körperlichen Vorzüge des unerreichbaren Lustobjekts taxieren. Nun schön, das Universum ist letztendlich groß und luftig, und ein wenig Gestank zu verströmen kann sich jeder erlauben. Man lacht ein wenig, man reagiert sich sozusagen ab, als ob die beiden an Erfahrungen und Eroberungen reich wären, und so gehen sie nach Hause, säuerlich und miefend wie vordem, ein jeder zur Kühle seines Lakens. Dolly Schejnwald hingegen wird in jener Stunde schon sicher und angenehm – und ohne irgendwelche abschätzigen Worte, das könnt ihr uns glauben – auf dem Weg in die Arme ihres alleinberechtigten Liebhabers Hugo Sachs in ihrer warmen, behüteten Wohnung sein. Aber wir greifen vor.

Denn sofort nach dem Auftritt der großen Dolly Schejnwald stürmen mit unwiderstehlicher jugendlicher Kraft Scharen von Chormädchen die Bühne, circa fünfzig an der Zahl, und wieder zur Stimme eines Trompetenschalls, der Freude und Wunder verheißt; und ausgerechnet hier, angesichts dieses Bildes, überkommt die beiden Singles ein bitteres Gefühl: Es gibt so viele davon! Sie sind so zahlreich! Und so schön! Laß deinen Blick von der einen zur anderen gleiten, von der dritten zur vierten – alle lächeln sie, alle verheißen sie Glück, tragen Pfauenräder auf den Schultern und um die Taille, und während ihr langes Haar herabfällt und sich in bescheidener Schlichtheit scheitelt, tragen sie Unterröcke, prall von weißem, weichem, saftigem Fleisch, und ihre Busen und ihre Schenkel sind zum Zerbersten drall, und so hopsen sie, ein Feuerwerk blendender Schönheit. Und du, nimm ihnen die Pfauenfedern ab, und schon siehst du vor dir eine Gruppe keuscher reicher Mädchen aus einem Schweizer Internat, die am Morgen aufstehen, um sich die Zähne zu putzen, deren Betten noch warm sind und die keusch sind, und glücklich der, der in den Genuß ihrer Liebe und Treue gelangt. Denn schließlich wissen sie zu lieben, sind kein bißchen verrucht, versprechen ein anständiges Leben, das Leben stillen Glücks, mit jeder Menge Freude und Geborgenheit, vor allem Geborgenheit. Und sie alle hüpfen scheinbar nur für uns. Strecken ihre Hände uns allein entgegen, und zu guter Letzt kommen sie doch nicht auf uns zu, sondern sie entweichen zu den Seiten der Bühne und hinter ihr und verschwinden. Und wenn du sagst, geh, warte auf sie am Ende der Vorstellung neben dem Künstlereingang, wird das Problem auftauchen: Auf welche von ihnen warten? Vielleicht hat gerade die, auf die unsere Wahl fiel, schon einen, der ihrer harrt, und du bist blamiert und wirst unterdessen auch die nächste verpassen?

Sie wissen es nicht, die beiden Ledigen, welchem der Mädchen man zuerst nachtrauern soll, jede hat etwas. Trauerst du der einen nach, krampft dein Herz, daß du nicht der anderen nachgeweint hast. Und das ist das bitterste aller Versäumnisgefühle: Es existieren ihrer fünfzig und nicht eine für dich. Nicht nur die berühmte Dolly Schejnwald, auf die haben wir von vornherein verzichtet, sondern auch die fünfzig, auch die fünfzig werden auseinandergehen, nach einem wunderbaren, lebhaften Tanz, jede in die Arme eines anderen Geliebten, und keine in die unseren. Und das ist es, was so weh tut: Die Welt ist randvoll, aber nicht für uns.

Und nun, weil sich die Herzen der alleinstehenden Zuschauer aufgelehnt haben und sie versucht waren, etwas für sich selbst auszusuchen, dem sie nachweinen könnten, und weil diverse melancholische Sehnsüchte in ihnen erwacht sind, fahren sie fort, auch während des Auftritts des nächsten herrlichen Paares, des Schwesternpaars Alice und Ellen Kirchner, zu schmachten. Die beiden ledigen Zuschauer setzen ihre Suche nach einem passenden Herzblatt, dem nachzujammern es sich lohnt, fort, und jeder erquickt sich in seinem Innern mit genüßlichen Illusionen, grübelt und schwankt zwischen den beiden.

Beide sind einander ähnlich, helles Haar, Perlenschmuck auf den Brüsten. Sie tragen hochhackige Riemchensandalen und rosa Korsagen, die auf dem Rücken mit glitzernden Knöpfen geschlossen werden. Ihre Hüften sind eingezwängt, Busen und Schenkel sind betont, aber nach einem prüfenden Blick sticht Ellen ein wenig mehr hervor. Sie ist breiter als Alice in den Schultern und Schenkeln, ihr Gesäß ist üppiger, voller. Ihr Lächeln ist sinnlich, schmerzlich und sogar herrschsüchtig im Vergleich zu Alice' Lächeln, das unschuldiger und ein wenig zu süß ist. Die beiden Ledigen würden Ellen sehr gerne wollen, und sie trauern ihr schon nach. Beide ernten frenetischen Applaus, wenn sie von der Bühne steigen, und wieder die Schenkel, die Schenkel und der Hintern von Ellen, kein Zweifel!

Nicht wenige Männer kommen aus der Revue mit dem Gefühl des Versäumnisses, Ellen Kirchner betreffend. Aber Ellen Kirchner hat bereits einen Liebhaber. Das weiß der Garderobier, der hinter der Bühne auf sie wartet, ihr den Morgenmantel um die Schultern legt und hinter ihr her zu ihrer Privatgarderobe steigt, um sie zu ent- und bekleiden. Circa zehn Minuten später lehnt sie sich schon gegen den Rücksitz ihres Wagens und fährt zum Haus ihres Geliebten, der sie erwartet. Sie fährt an den beiden Junggesellen vorbei, die schnell gehen, mit bloßliegenden Nerven, und die niedergeschlagen, nervös ihre paar Grobheiten über Dolly Schejnwald loswerden und vor tiefer, innerer Trauer über Ellen Kirchner schweigen. In der Dunkelheit wird der Privatwagen der Frau, der Künstlerin Ellen Kirchner verschluckt, die zu ihrem allerliebsten Gunther Weizäcker fährt, der exklusiv auf sie wartet.

Der Stecher

Eine Frau liegt auf dem Sofa. Sie ist wunderbar, jedenfalls hat das einmal einer über sie bemerkt. Sie ruht flach auf dem Bauch, das Gesicht in ein Kissen vergraben. Sie ist nackt. Nicht von den Hüften aufwärts, keineswegs, vielmehr bedeckt ein gerafftes Hemd ihren Rücken bis zum Steiß, und von dort abwärts, einfach so, wie ein richtungweisender Schlag ins Gesicht, wie ein unverblümtes Angebot – vollkommene Blöße untenrum. Der Mann, der die Frau von der Tür aus beobachtet, spürt einen Stich im Herzen, und etwas Giftiges beginnt zu sickern.

Die Frau hängt beiläufigen, flatterigen Gedanken nach. Nichts weist auf den Moment hin, in dem der spähende Mann einen aufgerichteten Finger in den Spalt zwischen ihren beiden Hinterbacken stecken wird, worauf ihrem Mund ein absonderlicher, nahezu dümmlicher Schrei entfahren und den Platz der flüchtigen Gedanken ein einziger, durchdringender einnehmen wird, als ob die ganze Welt sich auf eine bestimmte Ritze reduziere.

Der künftige Stecker ist zutiefst bewegt. Weit und breit ist er der einzige, der um den Unsinn weiß, den zu tun er im Begriff ist. Seine Einzigartigkeit in der Kenntnis dieser Information bürdet ihm große Verantwortung auf, und für einen Augenblick sieht er sich in der Rolle des Agenten, Träger streng vertraulicher Geheimnisse, die Sicherheit unseres Landes betreffend. Und schon malt er sich Millionen schlummernder Kinder aus und ihr Los, das auf seinen Schultern ruht. Doch nur für einen kurzen Moment, denn augenblicklich empfindet er Scham ob des Gewichts der Information, die er in Händen hält, und der Versuch, sein sündiges Geheimnis mit den Mysterien der Sicherheit unseres Landes gleichzusetzen, erscheint ihm unermeßlich lachhaft. Jedoch, sogleich und fieberhaft, durchzuckt ein weiterer Gedanke sein Hirn, und zwar, daß er das Einführen des Fingers noch immer vermeiden könnte, schließlich ist er ein souveräner Mensch, er hat die Möglichkeit der Wahl, er ist ein Mensch, der die Macht hat, zu handeln oder nicht zu handeln. Und prompt wirft er sich erneut in die Brust, während er innerlich deklariert: »Ein Mensch zu sein heißt zu wählen.«

Wirklich? Hat er den Zeitpunkt nicht längst verpaßt? Hatte er je die Möglichkeit einer Wahl? War die Angelegenheit nicht von vornherein tief in seinem Innern besiegelt, von dem Moment an, in dem er sie auf dem Bauch liegen und ihre bestechenden Hinterbacken sah – vielleicht schon wesentlich früher, gar vom Tag seiner Geburt an –, daß er nämlich seinen Finger aufrichten und in sie einführen würde? Wurde er nicht blind in ein Schicksal getrieben, dessen Einfalt grenzenlos war?

Der Mann macht ein paar Schritte vorwärts, er bückt sich, sein Finger zeigt nach unten. Ein kurzer, unschöner Sopran ertönt; es erfolgt eine instinktive Kontraktion zweier Fleischscheiben; dann ein Wälzen auf den Rücken, das Heben eines drohenden Fingers während eines sprunghaften Aufrichtens in den Sitz, ein Durchbohren mit stechendem Blick, das Zurückschrecken einer ängstlich gebeugten, schamhaft kichernden Gestalt in ungebügelten Hosen. Nichts an der Frau ist mehr wunderbar;

und was kam bei allen Möglichkeiten der Wahl, die in den Händen des Mannes lagen, heraus? Reiner Mumpitz. Ebenjener Mumpitz, von dem die Welt bis zum Erbrechen voll ist. Er geht seitwärts zurück und hastet in panischer Angst aus dem Raum; die Frau liegt auf dem Rücken und stiert mit einer Träne im Auge auf den an der Decke kreisenden Ventilator.

Der Kneter

Während er den Hintern von Madame T., der Kursleiterin für Nachtschwimmen, knetet, spreizt er die beiden Gesäßhälften, und vor seinen Augen erscheinen die zusammengezogenen Falten des von Flaum gesäumten dunklen Schlunds. Sie liegt auf dem Bauch, ihr Gesicht ruht auf den übereinandergeschlagenen Handflächen, und ihre Ellbogen ragen zu den Seiten. Er dient momentan ihrem Ansinnen, in den Besitz eines straffen Hinterteils zu gelangen. Mit jedem spreizenden Kneten der beiden Backen versucht er im Geist in den Schlund zu dringen, der sich vor ihm auftut – sich nur ein klein wenig öffnet –, als könne er dort auf irgendeine verborgene Bedeutung stoßen. Seine Augen weiten sich, und sein Hirn unternimmt einige Anstrengungen, sich das, was sich ihm darbietet, einzuprägen. Dennoch vernachläßigt er auch nicht den Anblick der beiden Backen an sich, welche ungeheuer fleischig sind und seinem Herzen auf seltsame Weise Schmerz zufügen. Was ist das? Was ist es, was so weh tut?

Es ist nicht gut, der Kneter zu sein, ohne der Liebhaber zu sein. Es ist ein lausiges Dasein, eine zweifelhafte Errungenschaft. Er hebt zu sprechen an, und mit schiefem Lächeln registriert und lobt er die Persönlichkeit und den Scharfsinn der Frau, den er aus ihrem erläuternden Artikel über das Nachtschwimmen ersah, insbesondere aus dem ersten Absatz: »Das Wasser und die Dunkelheit...«

Sie läßt ihn ausreden, lacht ein wenig und erzählt ihm von ihrem Neffen Daniello Costello, einem französischen Baby, und dessen Betragen in der Krippe. Er ist zutiefst gekränkt, daß sie ihn, nachdem er ihr mit schiefem, Zuneigung heischenden Lächeln in so erschöpfender Weise ob ihres fachkundigen Artikels schmeichelte, spöttisch mit derartigen Bagatellen des französischen Babys Daniello Costello abspeist, und das auch noch mit blankem Hintern, noch dazu einem klaffenden, und dann auch noch unter Gelächter. Diese Kombination verursacht ihm unerklärliche Pein, als Mensch und als Mann. Was soll das!

Er konzentriert sich und mustert das Gesäß aus verschiedenen Blickwinkeln. Einmal mit verengten Augen, einmal mit weit aufgerissenen, einmal das rechte Auge geschlossen, einmal das linke, versucht er das Gewisse unter neuen Gesichtspunkten zu sehen. Das Hinterteil zu verfremden, um seinen Wert zu mindern. Es scheint ihm zu gelingen – für einen Moment sieht er den Steiß eines toten Pavians, dann ein Einkommensteuerformular –, doch plötzlich sinkt er nach vorne, als falle er in eine tiefe Verbeugung, und bringt sein Gesicht nah an ihre Backen, bis seine Nase den Schlitz um ein Haar zart berührt, und mit einem Schlag, im Angesicht des ach so nahen Fleisches, taucht vor ihm die alte, wohlbekannte Perspektive auf, und adieu Verfremdung, und das Gefühl der Bedeutung ihres Fleisches bohrt sich in ihn wie ein immerfort vorhanden gewesener rostiger, dicker Nagel, eine Bedeutung, um deren Ursprung er nicht weiß, und auch nicht, wodurch sie gespeist wird. Er weiß nur eins, daß sie superlativ ist.

Er würde das Thema liebend gern ein für allemal abschließen, um sich seiner zu entledigen. Es gelingt ihm nicht. Wofür hat er gelebt? Auch das Kneten an sich, was beinhaltet es? Seine Bewegungen sind die eines Skulpteurs oder Töpfers. Und seit seiner frühen Jugend träumte er doch davon, etwas zu gestalten. Aber das hier ist federndes Fleisch, und wenn der Finger darauf drückt, gibt es ein wenig nach, und es entsteht eine Mulde. Und wenn er locker läßt, schnarrt es zu seinem ursprünglichen Zustand zurück, und die Mulde verschwindet. Und wenn dem so ist, was hat er dann mit seiner Arbeit und seinem Kneten sein ganzes Leben lang ausgerichtet, er hat keinerlei Spuren hinterlassen und kein Angedenken in der Welt. Nur gerade und kreisende Bewegungen. Und inwiefern ist die Geschichte seines Lebens mehr wert als das Verhalten des französischen Babys Daniello Costello? Jenes, dieses Baby, ist zumindest Franzose. Er hingegen fügt Mumpitz an Humbug und trällert, wie natürlich und nebenbei: »Ich werde mit keinem Mädchen poussieren, und keine wird mir Pastete servieren ...«, und er richtet sich wieder auf und setzt wortlos seine Knetarbeit fort.

Im Hotel

Ein Gast an der Rezeption eines Hotels.

GAST Guten Tag, mein Name ist Kupsch. Ich bin zum ersten Mal in London. Ich habe hier ein Zimmer reserviert.

PORTIER Bitte schön, Herr Kupsch, das Zimmer steht zu Ihrer Verfügung. Angenehmen Aufenthalt.

GAST Wie, bitte schön, steht es mit den Essenszeiten?

PORTIER Morgens von sieben bis neun, mittags von zwölf bis zwei und abends von neunzehn bis zweiundzwanzig Uhr.

GAST Schön. Kann man auch um fünf etwas bekommen?

PORTIER Wenn man bestellt.

GAST Schön. Und um zehn Uhr abends?

PORTIER Auch, wenn man bestellt.

GAST Sogar Schokolade?

PORTIER Gewiß doch.

GAST Schön. Und wann geht man hier zu Bett?

PORTIER Wann es einem beliebt. Dies ist ein Hotel.

GAST Heißt das, ich kann aufbleiben bis Mitternacht?

PORTIER Sehr wohl, mein Herr.

GAST Sogar bis eins?

PORTIER Sicher.

GAST Und wann stehen die Leute hier so auf?

PORTIER Ebenfalls wann es beliebt.

GAST Weckt einen keiner?

PORTIER Nein, nicht, wenn Sie es nicht wünschen.

GAST Könnte man sogar bis zwölf Uhr mittags im Bett bleiben?

PORTIER Ja, mein Herr.

GAST Aber wenn ich um neun Uhr abends schlafen gehe, was soll ich dann bis zwölf Uhr mittags im Bett?

PORTIER Ganz wie Sie wünschen, mein Herr.

GAST Zumal ich dann auch nicht zum Frühstück erscheinen würde.

PORTIER Sie können eine Extramahlzeit für zwölf Uhr bestellen.

GAST Was, muß ich denn nicht am Frühstück teilnehmen?

PORTIER Natürlich nicht.

GAST Wie halten Sie es hier mit dem Zähneputzen, wem zeige ich, daß ich geputzt habe?

PORTIER Niemandem.

GAST Wie überprüft man es dann?

PORTIER Man überprüft es nicht, mein Herr.

GAST Schön. Es gibt hier jede Menge Freiheiten, wie ich sehe. Und keiner kontrolliert, ob ich mich abgeputzt habe?

PORTIER Nein, mein Herr.

GAST Schön. Einfach irres Leben hier in London. Werde ich auch einen Schlüssel bekommen, oder schließt man mich nachts ein?

PORTIER Sie werden einen Schlüssel haben, mein Herr.

GAST Mit Anhänger?

PORTIER Gewiß, mein Herr.

GAST Und wer wird mich im Zimmer hüten?

PORTIER Wovor?

GAST Was weiß ich? Vielleicht werde ich mitten in der Nacht plötzlich aufwachen.

PORTIER Das ist Ihre private Angelegenheit, mein Herr.

GAST Und wenn ich weine?

PORTIER Weshalb sollten Sie weinen?

GAST Wenn ich plötzlich Angst bekomme, was weiß ich, die Dunkelheit, London…

PORTIER Sie könnten die Rezeption anrufen.

GAST Und, wird man mir antworten, ohne Geschrei?

PORTIER Ja, mein Herr.

GAST Eine Frage noch, darf ich mit dem Aufzug in mein Zimmer hochfahren?

PORTIER Selbstverständlich, mein Herr.

GAST Schön. Gut, dann fahre ich jetzt hinauf, um direkt ein Bad zu nehmen, was meinen Sie?

PORTIER Sie fragen mich? Tun Sie, was Ihnen gefällt.

GAST Sie zwingen mich nicht, jetzt ein Bad zu nehmen?

PORTIER Nein, mein Herr.

GAST Schön. Und was bekomme ich von Ihnen, wenn ich jetzt bade?

PORTIER Nichts.

GAST In zehn Minuten baden, Zähne putzen, Pipi und den Schlafanzug, he?

PORTIER Wie Sie wünschen, mein Herr.

GAST *im Tonfall der Verblüffung und Trübsal.*

Keiner kümmert sich darum, ob ich ein Bad nehme oder die Zähne putze oder weine oder esse oder aufstehe… ein höchst seltsamer Ort.

Zu dem Portier.

Gut, letzte Frage, wer deckt mich zu?

PORTIER Niemand, mein Herr. Man deckt sich allein zu.

GAST Gut…

Bleibt einen Augenblick lang stehen, sichtlich enttäuscht.

Dann gute Nacht.

Bietet dem Portier seine Wange an.

Kuß.

PORTIER Haben Sie sie nicht mehr alle?

GAST *voller Bitternis.*

Eine einzige Enttäuschung, dieses Leben in London.

Ein Mann ohne Bewußtsein seines Namens und eine Frau im Bewußtsein des ihren

Der Name des Mannes ist Tschernabrode. Er ist ein regelmäßiger Passant unserer Straße. Er geht am Nachmittag vorbei, mit zwei Plastiktüten voller Lebensmittel geht er aus dem Laden zurück nach Hause, während er beiläufigen Gedanken nachhängt, die in ihrer Thematik wechseln und sich auf nichts konzentrieren. Eine Art Akkumulation durch den Kopf ziehender Wolken. In diesem Haufen gibt es keinen Tschernabrode-Gedanken. Die Tatsache, daß er Tschernabrode ist, führt nicht dazu, daß er zu diesem Zeitpunkt seinen Namen artikuliert oder murmelt.

Wenn er an uns vorübergeht, bemerken wir ihn, wir bleiben stehen und rufen laut: »Tschernabrode!« Auch er hält an, dreht sich uns zu, und wir winken ihm zum Gruß. Das ist alles, was wir beabsichtigt hatten – ihm zu sagen: »Hallo, Tschernabrode!« Weil seine Hände immer noch durch die Plastiktüten gebunden sind, nickt er zum Gruß und setzt seinen Weg fort. Der Ruf »Tschernabrode!« ließ ihn zwar anhalten und reagieren, aber auf keinen Fall füllt er ihn aus. Er hat in ihm nicht den Gedanken ausgelöst: »Ich bin Tschernabrode!« in der Bedeutung von: »Es gibt einen Mann, sein Name ist Tschernabrode, und der bin ich« oder »Ich bin Tschernabrode, der im Jahre so und so, da und da geboren wurde, und ich liebe gefüllte Paprikaschoten.«

Anders verhält es sich in einem bestimmten Augenblick, an einem frühlingshaften Abend, mit Caroline, der Prinzessin von Monaco. Nach ihrer Verlobungszeremonie mit dem Magnaten der Nähmaschinenindustrie Europas, dem jungen Millionär Riccardo von Forzen, geht sie zu der erhabenen Balustrade, die sich zum Platz wendet und winkt mit ihrer Hand der feiernden Menge zu. »Caroline, Caroline!« steigen Rufe aus der gedrängten Menge, und Caroline winkt mit der Hand zum Gruß, während ihre Augen voller Tränen sind vor lauter sie erfüllendem Bewußtsein: »Ja, ja, Caroline, das bin ich.« Das Wort »Caroline« verbindet sie mit allem, was ihr heute widerfuhr, und überhaupt mit ihrem ganzen Leben, der Jugend, der Gesundheit, Monte Carlo, der Liebe zu Riccardo von Forzen, genüßlichen Sonnentagen und Mondnächten, die sich bis in die Unendlichkeit erstrecken; alles konzentrierte sich auf und verband sich plötzlich mit dem Namen »Caroline«, und für einen Augenblick schien es ihr, daß ihr Herz vor Überlastung mit dem Bewußtsein für die eigene Person, das sie plötzlich übermannte, zersprang.

Großes Unrecht haben wir unserem Nachbarn Tschernabrode getan. Wir haben sein Bewußtsein unterschätzt. Nachdem er sein Haus betreten und seinen Einkauf weggeräumt hatte, saß er eine lange Weile auf dem Balkon seines Hauses und stierte hinaus, und es fiel ihm ein, wie wir auf der Straße »Tschernabrode« nach ihm gerufen hatten. Und plötzlich verband sich das gesamte Bewußtsein seiner Existenz mit dem Namen »Tschernabrode«, und er murmelte sogar laut zwei- oder dreimal mit heiserer, fremder Stimme »Tschernabrode ... Tschernabrode ...«, als ob er zum ersten Mal versuchte, die Verbindung der Silben auf seinen Lippen auszukosten, und die ganze Lachhaftigkeit dieses Namens und der ihn tragenden Persönlichkeit trat ihm vor Augen, als ob mit einemmal der Klang des Namens der eigenen Nichtigkeit entspräche.

Mit Caroline, der Prinzessin von Monaco, haben wir übertrieben. Ihre Liebe zu ihrem Verlobten Riccardo von Forzen war so groß und ihr allgemeines Glück so umfassend, daß die vom Platz dringenden Rufe in einem diffusen allgemeinen Nebel und Herzklopfen untergingen und sich bei ihr nicht das geringste Bewußtsein herauskristallisierte, schon gar nicht das Bewußtsein ihres Namens, und die Dinge in dem Durcheinander eins wurden.

Was Tschernabrode anbelangt, so haben wir nicht übertrieben. Er saß auf dem Balkon, und der Name »Tschernabrode« klopfte wie ein Hammer immer wieder auf die gleiche Stelle seines Hirns ein. Die Kluft zwischen dem Leben, das er führte, und einem angemessenen Leben war unüberwindbar.

In gewisser Weise haben wir bei Tschernabrode aber doch übertrieben. Als er nach ein paar Minuten in die Küche ging, um sich ein Abendessen zuzubereiten, läutete das Telefon, und er hob den Hörer ab und sagte: »Tschernabrode am Apparat.« Und schon ging er wieder dazu über, der Tschernabrode zu sein, der er auf der Straße gewesen war. Ein Mensch, dessen Name zufällig Tschernabrode lautet und der folglich, wenn man ihn anruft, weil man mit Tschernabrode sprechen will, einfach sagt: »Tschernabrode am Apparat.«

Auch unter einem anderen Aspekt haben wir Tschernabrode unrecht getan – als wir ihn nämlich Tschernabrode nannten; ziemt es sich, daß wir uns das Recht zu kichern auf derart billige Weise erkaufen, mittels lächerlicher Namen? Andererseits, was gibt es an Tschernabrode auszusetzen, und wodurch hebt sich der Name von Forzen von Tschernabrode ab? Hier ist von Forzen, und da ist Tschernabrode, und nun vergleicht!

Aber wir sind auch Riccardo von Forzen nicht gerecht geworden, denn inwiefern wiegt das Bewußtsein seiner Nichtigkeit weniger als das von Tschernabrode? Schließlich, seinem Reichtum, seiner Jugend, den Nähmaschinen und Caroline zum Trotz, ist auch er ein Mensch und hat auch er einen Balkon, und auch er sitzt manchmal dort, nicht weniger häufig als Tschernabrode, und seufzt murmelnd über sein Leben »von Forzen ... von Forzen ...«

Wir haben mit Caroline nicht wirklich übertrieben. Denn auf der erhabenen Balustrade übermannte es sie dennoch für den Bruchteil eines Augenblicks: »Ich bin Caroline!« Und warum auch nicht? Schließlich hat der Mensch, selbst wenn er Prinzessin von Monaco ist, das Recht, in einem bestimmten Moment des Glücks, wenn er sich mit viel Liebe verlobt, in seinem Innern zu sagen: »Mein Name ist Caroline.« Schließlich hat jeder diesen Moment verdient; letztlich hat auch Tschernabrode sich einmal verlobt, und auch er äußerte glücklich vor seiner Geliebten: »Ich bin Tschernabrode«; und Caroline, höchstpersönlich und nicht nur einmal, wisperte in einer öden Herbstnacht: »Ich bin Tschernabrode!«

Auf Wiedersehen, Tschernabrode, Caroline und Riccardo von Forzen; auf Wiedersehen, auf Wiedersehen, wir werden euch alle vermissen.

Das Stoßen einer Frau von einem Stuhl

Wir waren außer uns, als die Frau uns ein paarmal, und noch dazu in unserer Anwesenheit, »unseren Freund Ulkus« nannte. Um jeden Zweifel auszuschließen, hatte sie uns übersetzt: »unser Freund Magengeschwür«.

Sie saß mit ihrer besten Freundin im Wohnzimmer beim Kaffeeklatsch, und wir liefen blaß vor Kränkung in der Abenddämmerung umher, unsere schwitzenden Finger krallten sich hinter unserem Rücken ineinander, und wir waren ratlos. Die Unterhaltung zwischen Frau und Freundin erfolgte leise und aus musikalischer Sicht äußerst angenehm, doch der Tenor war »unser Freund Ulkus« und »unser Freund Magengeschwür« und wieder »unser Freund Ulkus« und »unser Freund Magengeschwür«, und schließlich, über jeden Zweifel erhaben, nannte die Frau uns nur noch »Kamerad Ulkus«.

Wir hielten inne, blieben einen Augenblick lang wie angewurzelt vor dem Fenster stehen, bemühten uns unter wildem Herzklopfen um einen gleichmäßigen Atem, und plötzlich drehten wir uns um, stürmten auf die Frau zu, stießen sie gegen die Schulter und vom Stuhl. Sie streckte die Arme nach den Seiten, bemüht, ihr Gleichgewicht zu bewahren oder eventuell in der Luft zu schweben, und fiel laut aufkreischend seitwärts zu Boden. Unserem Mund entwich ein leichtes Kichern. Die Freundin stand auf, ihr Blick sprühte Funken, und ihre Arme öffneten sich, um der Gefallenen aufzuhelfen.

Was haben wir getan! Schon konnten wir hören, wie die Frau ein Stöhnen des Schmerzes ausstieß. Einer ihrer Arme, der gestoßene, war an den Körper gepreßt, während sie selbst sich aufzurichten versuchte. Eine eisige Bö schlug uns in die Gedärme. Was haben wir getan! Vielleicht haben wir die Frau zerbrochen – womöglich innere Blutungen bis zum Exitus –, das würde heißen: Wir sind zum Mörder geworden. Wo wir uns doch so sehr vor der Wiedereinführung der Todesstrafe in unserem Land und vor dem zitternden Stehen im Angesicht des Henkers fürchten! Entsetzt nahmen wir die Beine unter den Arm und rannten zur Toilette. Dort verriegelten wir die Tür und setzten uns auf den Rand des Klodeckels, das Gesicht in die Hände vergrabend. Von außen drangen Stimmen und die Schritte der Frau und ihrer Freundin zu uns. Sie gingen zum Badezimmer und zurück, gedämpftes Raunen, dann Stille, und wieder tänzelten Schritte von Raum zu Raum.

Unsere großen Ängste legten sich: Die Frau ist weder tot noch defekt, sie ist gänzlich unversehrt geblieben. Die Frau ist wie früher. Bald wird das ganze Leben wie vordem sein. Wir werden noch ein wenig auf dem Klo hocken bleiben, zur Strafe, und in ein, zwei Stunden wird die Frau kommen und sanft an die Tür klopfen. Wir werden mit einer scheinheiligen, leidgeprüften Miene herauskommen, die sagen will: »Ich bin schon genug gestraft!«, und wir werden wissen, daß wir durch unseren Aufenthalt in der Dunkelheit, in der engen Kammer der Toilette, unsere Strafe abgesessen haben, alles wird wieder gut. Es wird zu einer Versöhnung kommen. Tränen werden fließen wie heißer Tee, und es wird schön sein, auf der Welt zu sein, recht und billig!

Unterdessen hockten wir in der zunehmenden Dunkelheit, während wir in unserem Innern jenes quälende, genüßliche Nagen der Last des Streits verspürten, jenen süßen Schmerz, den wir der Frau zufügten und der auch uns peinigte, mit dem Bewußtsein, daß dort, dort, am Ende, schon die Versöhnung strahlte.

Es tänzelten noch ein paar Füße, und schließlich fiel die Eingangstür ins Schloß: Die geladene Freundin ging, die Frau blieb. Es wäre gut, wenn die Frau bald käme und an die Tür klopfte; doch es wäre auch nicht schlecht, möglicherweise sogar besser, wenn sie sich schlafen legte und wir in einer Stunde das Klo verließen und sie schnarchend vorfänden. Dann wüßten wir, daß die Welt wieder in Ordnung ist, und am nächsten Morgen – o ein neuer Tag! – würden wir an der Seite der Frau erwachen, uns vielleicht verwöhnt zusammenrollen; vielleicht würde auch sie es sein, die sich verwöhnt zusammenkauert, und wir würden uns zum Spaß wie ein Brustkind auf den Rücken drehen und mit den Beinen strampeln, die Frau würde grinsen, und unsere Straftat würde nach und nach verblassen und als Bubenstück durchgehen, und wieder würde die Frau grinsen. (Zwar werden wir ihr den »Freund Ulkus« nicht vergessen haben, aber wir werden ihn uns für eine andere Gelegenheit aufheben.)

Die Frau klopfte nicht. Wir saßen noch eine Stunde in der Dunkelheit, schwitzten, hatten Angst und gingen schließlich raus. Wir betraten leise das verlassene, aufgeräumte Wohnzimmer, dann schlichen wir uns auf Zehenspitzen, im Dunkeln, ins Schlafzimmer und beugten uns über das Bett. Es war leer. Die Frau war nicht darin, und ihre Abwesenheit lag wie eine schwere, ekelerregende Wolke im Raum.

Unser Herz prophezeite Schlimmes. Das Schlimme traf ein. Um zehn Uhr früh steckte schon ein weißer, länglicher Umschlag im Briefkasten, darin ein offizielles Schreiben des Herrn Rechtsanwalt Schidloviz. Rauhreif legte sich uns auf Magen und Zwerchfell. In der Tat, die Wirklichkeit hatte uns mit voller Wucht getroffen, ein Kapitel unseres Lebens hatte seinen Abschluß gefunden. Keine häuslichen Züchtigungen mehr, kein Weinen, keine Versöhnungen, keine Dunkelhaft im Klo und keine fröhlichen Entlassungen, kein Sitzen auf dem Rand der Brille mit verdecktem Gesicht, bis die Frau sich erbarmt, nein, dieses Kapitel ist aus und vorbei, die wahre Welt taucht auf, und in einer Sturmbö trägt sie Rechtsanwaltbüros, Sekretärinnen, Papiere, Briefe, Mahnungen, Menschen wie Schidloviz mit sich, erwachsen und ernst, Schidloviz höchstpersönlich. Menschen, die in teure Restaurants gehen und Whisky trinken, Sitzungen und Konferenzen abhalten, Mahnungen und Drohungen, Gerichtsverfahren mit Richtern – ebenso diverse Ausführungen von Schidlovizen und Restaurants und Whiskys –, Menschen mit müden Augen, die schon alles erlebt haben, auch uns, und die keinerlei Mitleid aufbringen, nur kehliges Räuspern und Spitzfindigkeiten und Brillen und Füllfederhalter und Notizbücher und Stempel und Krawatten; wir können sie nicht kraulen, um sie zu besänftigen. Wir können uns nicht auf ihre Tische legen und wie auf dem Rücken liegende Schildkröten mit Armen und Beinen herumfuchteln, um sie zufriedenzustellen, au weia, wenn die Zangengriffe zupacken, lassen sie nicht mehr locker ... Die verflossenen Tage kehren nicht mehr zurück! Die Eiszeit weht uns mit einemmal aus den Falten des Briefes von Schidloviz entgegen.

Wir sitzen auf dem Rand des Klodeckels, unser Gesicht in die Hände vergraben! Einst warteten wir hier auf die Frau. Und nun – nichts. Das Haus verwandelt sich nicht in ein Schiff und segelt nicht nach Indien, es gleitet nicht an Inseln mit Mulattinnen und Kokospalmen vorbei. Nein. Man sitzt einfach auf dem Deckelrand. Ach, dieser ewige Epilog all unserer Taten!

Vor den Stufen zum Haus

Ein Mann begleitet eine Frau nach Hause. Vor der Treppe zu ihrem Haus bleibt er stehen. Sie macht ihm ein Zeichen, mit hineinzukommen.

MANN Ich habe einen säuerlichen Geschmack im Mund.

FRAU Du hast immer einen sauren Geschmack im Mund, wenn du vor meiner Treppe stehst.

MANN Heute besonders. Ich glaube, ich bin krank. Mir ist kalt.

Pause.

Immer noch kalt.

Sie versucht, ihn zu berühren.

Eine Art Schüttelfrost.

Er knöpft seinen Mantel zu.

Vielleicht eine Erkältung?

Die Frau streckt die Hand aus, um seinen Kopf zu befühlen. Er weicht zurück.

FRAU Ich will nur sehen, ob du Fieber hast.

Sie faßt an seine Stirn.

Nichts.

MANN Ich leide ab und zu an plötzlicher Übelkeit.

Sie versucht, ihn zu küssen.

Wo kann man sich hier übergeben?

FRAU Im Klo, ich werde dich hinführen.

MANN Es täte mir leid, etwas dreckig zu machen. Ich dachte, vielleicht lieber auf der Straße. Dort ist ein verlassenes Grundstück.

FRAU Es macht gar keine Umstände, wenn du dich bei mir erbrichst…

MANN Ich weiß, aber es ist mir peinlich. Besser auf der Straße.

FRAU Nimm den Schlüssel mit, damit du aufsperren kannst, wenn du fertig bist.

MANN Nein, es ist besser, wenn ich danach nach Hause gehe, um mich zu erholen.

FRAU Wovon?

MANN Vom Erbrechen.

FRAU Und wann kommst du?

MANN Wenn ich wieder gesund bin, falls ich gesund werde. Aber ich weiß, ich werde nicht gesund.

Er setzt sich in Bewegung.

FRAU Liebst du mich noch?

MANN *im Gehen.* Warum nicht.

Roberts

Der Mensch sagt: Ich werde aufstehen, ich werde einen elektrischen Staubsauger der Marke »Roberts« kaufen, der auch feucht wischt. Dann vergißt er sein Vorhaben. Es fällt ihm wieder ein. Schließlich ist es vollkommen weg. Der Mensch denkt: Ich werde reisen, diesen und jenen Ort besuchen. Einen Teil der Orte sucht er wahrhaftig auf – die Poliklinik, den Lebensmittelladen, das Bett. Der Mensch ist krank. Der Mensch sagt sich: Ich werde gesund werden. Der Mensch erinnert sich und sagt: Dann stehe ich auf und besorge mir einen elektrischen Staubsauger der Marke »Roberts«. Es wird eine Veränderung in meinem Leben eintreten. Der Mensch knüpft große Hoffnungen an den elektrischen Staubsauger »Roberts«. Der Mensch wird gesund. Der Mensch holt einen Lappen und einen Eimer vom Küchenbalkon. Der Mensch betrachtet den Eimer. Der Mensch streckt sich auf dem Bett aus und hängt seinen Gedanken nach. Eine angenehme, üppige Frau mit Namen Miss Roberts kreist durch sein Hirn. Der Mensch sagt: Ich werde sie um ihre Hand bitten. Sie erklärt sich auf der Stelle einverstanden. Nach der Hochzeit stellt sich heraus, daß ihr Vater ebenfalls ein Roberts, nämlich John Roberts ist, der Besitzer des bekannten internationalen Staubsaugerkonzerns »Roberts«. Roberts senior stirbt auf der Stelle. Frau Roberts, seine Tochter, erbt die Firma. Der Mensch ist Alleinherrscher über das Imperium »Roberts«. Nun hat er Roberts-Sauger im Überfluß. Der Mensch kichert leise. Der Mensch sieht sich in seiner Phantasie, wie er mit einem verschmitzten Aufblitzen seiner Augen vor Jüngeren sein bewegtes Leben aufrollt. Der Mensch ist zufrieden. Der Mensch schlummert ein. Er erwacht am Morgen und gähnt, dem Anschein nach wegen beendeten Tiefschlafs, in Wahrheit wegen Sauerstoffmangel. Der Mensch ist krank. Der Mensch sagt: Ich werde gesund werden.

Der verlorene Sohn

Die Heimkehr war schwer und schmachvoll. Noch bevor er dem Haus den Rücken gekehrt hatte, nachdem seine Mutter ihm seine beiden Möglichkeiten im Leben vor Augen geführt und ihm gesagt hatte: »Wähle!«, wobei sie ihren Blick auf ihm ruhen ließ, hatte er die Stirn in einer so besorgten, lächerlichen Weise gefurcht, daß sie in Gelächter ausgebrochen und aus dem Zimmer gegangen war. Er war kein Kind mehr, sein dreizehnter Geburtstag lag lange zurück, und er mußte etwas aus seinem Leben machen. Das Leben lag in seiner vollen Erhabenheit und Strenge vor ihm. Groß war die Versuchung, doch größer noch war die Furcht.

Der Sohn hatte Angst. Die Mutter hatte ihn immer wieder gewarnt, die Welt sei grausam und nichts für Schwächlinge wie ihn. Er würde nicht reüssieren, behauptete sie warmherzig, mit den Armen fuchtelnd. Er sei nicht gut gebaut, schwach auf der Brust, dazu bestimmt, für immer und ewig zu Hause zu bleiben, vertrauten Unrat zu beseitigen. Ein Leben, das unter ihr begann, mußte an selbigem Ort fortgesetzt werden. Doch der Sohn wollte hinaus. Die Welt schien ihm offen. Er bildet sich ein, wenn er nicht hinaus in die Welt kommt, verpaßt er etwas, die Mutter winkte kichernd ab. Da gibt es nichts zu verpassen, fügte sie hinzu und meinte: Alles Lug und Trug! Und was es geben könnte, das haben sich längst andere unter den Nagel gerissen, fügte sie hämisch hinzu. Der Sohn schämte sich für seinen Wunsch zu leben und ersuchte sie dafür sehr um Vergebung. Er streckte ihr hitzig seine Hände entgegen, als wollte er in ihren Schoß sinken, weshalb die Mutter ihren Körper schleunigst abdrehte, ihm die Schulter zeigte und mitnichten verzieh. »Verbrecher!« nannte sie ihn.

Als er aufbrach, verabschiedete sie sich nicht von ihm. Es war um die Zeit ihrer Mittagsruhe. Sie lag auf ihrem Bett auf dem Bauch, den Hintern der Tür zugewandt, und atmete gleichmäßig. Er stand mit einem Koffer in der Hand an der Tür. Er sah sie an und entnahm ihrer Position auf dem Bett all die Verachtung und Gleichgültigkeit, die eine Mutter ihrem Sohn entgegenbringen kann. Wegen der Hitze war ihr Kleid ein wenig nach oben gerutscht. Die Fenster waren geschlossen, und die Luft war stickig. Schweiß entströmte dem Sohn vor lauter Not. Er atmete schwer ob der Tragweite seiner Tat und ihrer Gewichtigkeit. Er machte einen Schritt auf die Mutter zu, für einen Moment schien es, daß etwas passieren würde, doch nichts geschah. Erstarrung. Die Welt machte gewissermaßen bereits Anstalten, ihm ihr wahres Gesicht zu zeigen. Er senkte den Kopf und ging hinaus.

Die Welt draußen erschien ihm in der Tat wie eine Eiswüste, über die ein ewiger, frostiger Wind wehte. Leben pulsierte, doch nicht für ihn. Nachts dachte er an zu Hause. Dort war es warm gewesen, dort waren wohlvertraute Zimmer, Möbel und Geschirr geputzt worden, und dies unter dem aufmerksamen Auge einer Frau, die ihn jedenfalls einmal geboren hatte. Schließlich lag – wenn man sich nur die Mühe machte, ein wenig nachzudenken – eine gewisse Logik darin, daß er die Unterwäsche einer Frau wusch, dank der er auf der Welt war, und daß das zufällige Klatschen ihres Saumes gegen sein Gesicht, wenn sie hereinkam, um ihn zu kontrollieren, wie er sich über den Waschkessel beugte, ihm zum Ziel aller Sehnsüchte geworden war. Er gehörte ihr. Dort, in dem engen Raum, artig geduckt, harrte das Leben seiner, und er hatte es verloren.

Am Telefon fragte er sie, ob die Anzeige, die sie in der Zeitung aufgegeben hatte, bezüglich einer Stelle, die in ihrem Haus frei geworden war, noch gelte. Ihre Stimme war energisch und förmlich, doch schien sie sich zusammenzunehmen. Und plötzlich brach sie tatsächlich in Gelächter aus, als ob eine überwältigende Fröhlichkeit sie überkäme, weil sie so sehr recht behalten hatte, und sie fragte, ob er vom Leben draußen schon genug habe. Vor seinem inneren Auge sah er Arme, die sich für ihn öffneten, und er rief: »Ja! Ja! Mehr als genug!«, wobei er in Tränen ausbrach. Jetzt lachte sie nicht mehr, sondern blieb einen Moment wortlos, als weise sie ihn darauf hin, daß er diesen peinlichen, persönlichen Ausbruch schleunigst beenden solle, und er hörte auf zu weinen, aber er wußte, daß er noch etwas sagen mußte, und darum brüllte er: »Du hattest recht! Du hattest recht! Vergib mir!« Darauf antwortete sie sofort, daß Vergebung eine Sache sei und Arbeit eine andere, und ob sie ihm verzeihen würde oder nicht, habe keinerlei Einfluß auf ihre Entscheidung, wen sie nun einstelle. Sie vereinbarte mit ihm ein offizielles Vorstellungsgespräch für den kommenden Tag.

Er verstand, daß er das Recht, auf normalem Wege, wie ein Sohn nach Hause zurückzukehren, verspielt hatte. Die Sache würde nicht einfach werden. Von nun an mußte er um das Recht, seiner Mutter im Haus seiner Geburt dienen zu dürfen, kämpfen. Es konnte passieren, daß er mit anderen Bewerbern konkurrieren mußte, daß er schmeicheln mußte und schließlich verlieren würde. Maßlose Ansprüche hatten sich in seiner Abwesenheit aufgebläht und lauerten auf ihn.

Als er den Hauseingang erreichte, kam ihm ein dunkler, bärtiger junger Mann entgegen und grinste. Anscheinend auch ein Bewerber, der von einem Vorstellungstermin kam. Auf seiner Wange prangte ein brauner Fleck, ein Geburtsmal oder frischer Dreck; vermutlich frischer Dreck, denn über dem Grinsen in seinen Augen lag etwas Flehendes. Ein neidvoller Stich durchfuhr das Herz des Sohns: Fremde wetteiferten mit ihm um den Platz unter seiner Mutter. Die Schlacht würde nicht leicht werden.

Die Tür stand offen. Er ging hinein. Auf dem Stuhl in seinem Zimmer lagen eine Schürze und ein schwarzes, abgegriffenes Jackett. Er zog das Jackett an und band die Schürze um. Um lachhaft auszusehen und noch mehr zu gefallen, wickelte er sich ein Geschirrtuch um den Kopf. Er betrat das Zimmer der Mutter. Sie lag auf dem Bauch, wie sie Abschied genommen hatte, und atmete gleichmäßig. Sein Herz hüpfte vor Aufregung. Wie schön und treffend es war, ihn in der gleichen Pose zu empfangen, mit der sie ihn verabschiedet hatte, als ob sie ihm damit sagen wollte: Zwischen Aufbruch und Rückkehr ist nichts geschehen, du hast nicht gelebt, deine Zeit ward vergeudet, alles umsonst. Wie demütigend und gleichwohl wie wahr.

Er wußte, daß sie nicht schlief. Sie wartete. Er ging auf sie zu, kniete ohne ein Wort nieder und küßte ihre Füße mit Andacht und Ausdauer. Sie schlug die Augen auf, die nach tiefem Schlaf ein wenig glasig waren. Dann erhob sie sich, setzte sich und sagte kein einziges Wort. Sie gab ihm zu verstehen, wiederum mit großer Schläue, daß er zu einem Leben in altbekannter Bedrängnis und Beschränkung zurückkehrte.

Sie erhob sich von ihrem Stuhl, und er kroch auf allen vieren hinter ihr her, allein durch seine Stellung um Vergebung bittend. Sie ging ins Badezimmer, und er zeigte den starken Wunsch, hinter ihr herzukriechen. Sie schlug ihm die Tür vor der Nase zu, er wartete davor. Als sie herauskam, klatschten ihre Säume gegen sein Gesicht, und er wimmerte vor edlem Streben und vor Sehnsucht und näherte um ein Haar sein Gesicht ihren Schenkeln, um es dort zu vergraben. Sie fuhr zurück, um seine Absicht zu vereiteln, doch hob sie die Säume auch ein wenig über die Schenkel, für die zu leben ihm auferlegt war. Er wußte, daß er sich der schweren Prüfung des Dienens unterzog. Er kroch ins Badezimmer, um nach ihrem dortigen Aufenthalt sauberzumachen, und er tat gut daran.

Die Mutter stellte ihren Absatz auf eine Bodenfliese, drehte ihn mit etwas Druck, ging ein Stück beiseite und wartete, was er tun würde. Er dachte einen Moment lang nach, fiel auf den Bauch und küßte begeistert die Fliese, als ob er die Reste ihres Fußabdrucks aufsaugen wolle. In der Tat, er konnte ihre Wünsche lesen. Er hatte die gesunden Instinkte eines ergebenen Sohnes, er wußte, was es zu tun galt, um ein Mutterherz zu befriedigen.

»Werde erwachsen!« befahl sie ihm, als sie von der Schüssel in der Toilette aufstand und sich mit der Zunge über die Oberlippe fuhr. Er verstand den Hinweis, steckte seinen Finger in die Schüssel, holte ihn wieder hoch und malte sich einen braunen Schnurrbart auf die Oberlippe. Und er ward erwachsen. Er verstand sie, er gehörte ihr.

Er wußte, daß er nicht mehr von hier weggehen würde.

Mit Erleichterung spürte er, daß eine große Verantwortung von seinen Schultern genommen wurde. Er duckte sich und kauerte sich zusammen, lachte in seinem Innern über sich selbst, über seine früheren Ambitionen, schüttelte den Kopf, als könne er kaum glauben, wie dreist er sich einst gegenüber seiner Mutter verhalten hatte. Mit dem Gefühl großer Wärme in den Eingeweiden kroch er unter den Tisch und legte sich auf den Bauch.

Die Mutter saß da und blätterte in einem Magazin. Sie hob die Beine und stellte eines auf seine Schulter, das zweite auf sein Gesicht. Er zitterte vor Leidenschaft, es ihr noch bequemer zu machen, um wegen seiner erstaunlichen Dreistigkeit in der Vergangenheit noch härter bestraft zu werden. Seine Haut sträubte sich vor Verlangen, sich kleiner zu machen. Er küßte ihre Füße mit einer starken Aufwallung der Ergebenheit. »Braver Sohn!« lachte sie und stieß leicht mit dem Fuß gegen sein Gesicht, als sein Atem ihre großen Zehen kitzelte. Eine Atmosphäre der Gemütlichkeit, Güte und warmer Häuslichkeit legte sich über sie. Ein Seufzen der Erleichterung entstieg dem Mund des jungen Mannes, und Tränen der Dankbarkeit und Reue strömten ungebrochen aus seinen Augen.

Besuch

Er traf sie am Strand und sagte zu ihr: »Kommen Sie mal bei mir vorbei, ich werde Ihnen einen fürstlichen Empfang bereiten.« Sie lächelte und ging. Am Nachmittag lag er auf dem Bett und versuchte zu schlafen, jedoch ohne Erfolg. Sein Herz schlug heftig in dem Gefühl der Versäumnis und Trauer, als es an der Tür klopfte. Er sprang auf, um zu öffnen, frei von Illusionen und Erwartungen, und – da stand sie vor ihm und lächelte wieder. Eine Welle der Wärme überflutete ihn. Sie betrat das Zimmer, und als sie an ihm vorbeiging, sah er ihren Hintern und ihre Schenkel unter einem weiten Faltenrock. Sie setzte sich in den Sessel, er tischte eine Tasse Kaffee und ein Stück Kuchen auf und verspürte den heftigen Wunsch, sie weiter zu bedienen. Sie schlug die Beine übereinander und entblößte ein wenig ihr Knie. Er lugte aus dem Augenwinkel auf das Stück Schenkel über ihrem Knie. Er war aufgewühlt. Er verließ den Raum, dem Anschein nach, um etwas aus der Küche zu holen, und kehrte nach einer kleinen Weile zurück, allein um ihren Schenkel wieder so gewahr zu werden, als ob er ihn zum ersten Mal sähe. Er setzte sich nicht. Er ließ sich nur für einen Moment auf dem Stuhl vor ihr nieder, sprang jedoch sogleich wieder auf, denn er sagte sich erneut: »Ich werde das Zimmer verlassen, als ob sie nicht da wäre, tauche dann wieder auf und sehe sie, werde stutzen und dann den Spalt ihres Schenkels sehen, als wäre es das erste Mal.« So geschah es. Er erhob sich, ging in die Küche und sagte sich: »Ich bin allein, niemand außer mir ist in der Wohnung.« Und er fügte hinzu: »Ich gehe jetzt in das Zimmer zurück.« Und er ging und nahm sie plötzlich wahr. Die erregende Verblüffung schlug ihm in die Magengrube. Er sah ihr lächelndes Gesicht an und dachte: »Da ist sie ja, ihre Schenkel sind bedeckt.« Und sogleich senkte er den Blick, sah erneut auf die nackte Stelle, als böte sich ihm dieser Anblick das erste Mal, und stieß einen innerlichen Überraschungsschrei aus: »Uiuiui!« So verblüffte er sich immer wieder zum Spaß, bis er spürte, daß es keine Rechtfertigung mehr für sein Hin- und Hergerenne gab, und so nahm er vor ihr Platz, sprang erneut auf und blieb stehen. Sie rauchte, sah ihn an und lächelte. Er spielte mit einer Münze, die er aus seiner Tasche gefischt hatte und die zu Boden fiel. Er hob sie auf, drehte dabei den Kopf und sah von unten nach oben das Schenkelstück an, diesmal den unteren Teil, den aufregenderen. Er nahm die Münze und stand auf. Sie entglitt sogleich wieder seinen Händen. Er kroch auf allen vieren, hob das Geldstück auf und lugte. Die Frau lächelte und hob dabei zufällig ihr Bein, so daß ihr Rocksaum nach oben glitt und ihr Schenkel nun fast gänzlich zum Vorschein kam. Er blieb auf allen vieren kauern, die Münze in der Hand. Mit zittrigen Fingern steckte er sie in die Hosentasche, griff, noch immer auf den Knien, nach dem Kaffeetablett und streckte es ihr hin, wobei er sein Gesicht so nah wie möglich an die Haut ihres Schenkels brachte. Sie sah ihn mit einem Lächeln an und trank still den Kaffee. Sie zeigte keinerlei Eile. Seine Knie taten weh, doch er erhob sich nicht. Sie stand auf und reckte sich, er blieb knien. Er fühlte sich neben ihr wie ein

Zwerg, sein Gesicht reichte bis zu ihren Hüften. Er bemühte sich, sich noch ein wenig kleiner zu machen, damit sein Gesicht die Höhe ihrer Schenkel erreichte. Sie drehte sich um, ihr Hintern war ihm zugewandt, und sie sah durch die Scheibe der Balkontür nach draußen. Sein Gesicht befand sich nun auf einer Höhe mit ihrem Gesäß. Er sah ihren Rock, wie er die Wölbung ihres Hinterteils, das ihm persönlich zugewandt war, bedeckte. Er hoffte, sie würde ihren Saum nach oben ziehen und ihre üppige Kruppe vor ihm bloßlegen, doch sie hatte keinerlei Veranlassung und ließ es bleiben. Er stellte sich vor, daß sie vor ihm stand und ihr Hinterteil seinem Gesicht zuwandte, um ihm ihre Verachtung entgegenzubringen, und mit einem Gefühl der Erregung und Demütigung spielte er mit diesem Gedanken. Sie hörte auf, aus dem Fenster zu schauen, bewegte sich und drehte sich ihm zu. Auf ihrem Gesicht lag ein amüsiertes, erstauntes Lächeln. Er machte sich ihr Erstaunen zu eigen, dem er entnahm, daß ihr seine Existenz entfallen war, während sie nach draußen schaute, und daß sie sich nun wunderte, ihn zu sehen. Er benutzte diese Deutung, um sich gekränkt zu fühlen. Die Alternative war, daß – wenn sie ihn nicht vergessen hatte, sondern ihr erstauntes Kichern aus der Tatsache herrührte, daß er immer noch auf den Knien rutschte – man sich dadurch erniedrigt fühlen konnte, daß sie ihn so lange in dieser Position verweilen ließ. Er versuchte, sich durch beide Möglichkeiten gedemütigt zu fühlen, und überprüfte in seinem Hirn, welches die größere Beleidigung war, das Vergessen oder das Erinnern. Er fühlte sich wechselweise mal durch dies, mal durch jenes beleidigt. Sie verließ ihren Platz und fragte ihn: »Wo ist die Toilette?« Er bedeutete es ihr mit der Hand, zaudernd, ob er ihr folgen sollte. Sie ging zum Klo und schloß die Tür. Er stand auf, die Knie schmerzten sehr, ging in die Küche und stellte das Kaffetablett auf die Spüle. Er näherte sich der Toilettentür und fragte: »Brauchen Sie etwas?« Sie sagte: »Es ist alles vorhanden!« Er fragte: »Sind Sie sich sicher?« Sie sagte: »Ja.« Und sie lachte und fügte hinzu: »Oder wollten Sie auch hier niederknien?« Sein Atem stockte vor Kränkung. Er fragte sich, ob sie sich über ihn lustig machte. Er lugte durchs Schlüsselloch und sah nichts. Er versuchte, das Gespräch fortzusetzen in der Hoffnung, die Angelegenheit zu klären: »Dort niederzuknien, zu welchem Zweck?« Sie gab keine Antwort. Er fragte wieder: »Niederknien? Wozu?« Darüber lachte sie. Er sagte: »Sie haben nicht erläutert, zu welchem Zweck.« Und er griff nach dem Türgriff. Jetzt hörte er, wie sie aufstand, und das Geräusch der Wasserspülung erklang. Er hatte den Zeitpunkt verpaßt. Er zerfleischte sich innerlich wegen seines fatalen Zuspätkommens und Versäumnisses. Er ging in die Küche und sagte sich: »Angenommen, sie ist erst jetzt zur Toilette gegangen«, und er lief erneut zur Klotür, aber genau in diesem Augenblick kam sie heraus und lächelte bei seinem Anblick. Sie ging an ihm vorbei und kehrte ins Zimmer zurück. Sie legte sich aufs Sofa und blätterte in einem Magazin. Ihr war warm. Er stand vor ihr und fragte: »Warum ruhen Sie sich nicht ein wenig aus?« Sie blätterte noch eine Weile in dem Magazin, dann drehte sie sich auf den Bauch und sagte: »Vielleicht werde ich tatsächlich ein wenig schlafen.« Nach kurzer Zeit atmete sie gleichmäßig. Er war sehr gekränkt, daß sie in seiner Gesellschaft eingeschlafen war. Plötzlich, wohl wegen der Hitze, hob sie mit energischer Geste, doch ohne ihre Lage zu verändern, den Saum ihres Rockes an und legte ihr Hinterteil vollkommen frei. Sie wollte sich etwas Kühlung verschaffen. Sie sah über seine Anwesenheit einfach hinweg. Er schluckte seinen Speichel vor ungeheurer Demütigung hinunter. Er stierte auf ihr Gesäß. Er ging näher heran und studierte es genau, darauf bedacht, nicht so nahe heranzugehen, bis sie seinen Atem auf der Haut spürte. Er konnte es kaum glauben, daß man ihn derart beleidigte. Wenn er vordem, nach dem Knien, gezwungen gewesen war, in die Küche zu gehen und stets aufs neue zurückzukehren, um die Kränkung aufzufrischen, so hielten Verblüffung und Kränkung bei der Musterung ihres Gesäßes nun viel länger vor. Das Hinterteil verfügt über eine gewaltige, andauernde Verblüffungskraft. Ihr Körper stieg regelmäßig auf und nieder. Sie atmete im Schlaf. Sie ignorierte ihn völlig. Ignoranz plus Hinterteil brachten ihn schier um den Verstand. Die Ignoranz quoll über vor Verachtung, der Hintern ruhte friedlich – eine seelische Regung parallel zu einer Körperpose. Er studierte den Hintern aus jedem denkbaren Winkel, einmal von der Seite des Rückens, einmal von unten, aus Richtung Bein. Er stellte Vergleiche an. Der beste Blickwinkel auf das Gesäß ist natürlich aus Richtung Bein. Nie erscheint es so steil, majestätisch und fleischig und seine Spalte so tief wie aus Richtung Bein, wenn die Augen sich auf einer Höhe mit der Matratze befinden; vom Rückgrat aus gesehen oder aus der Mückenperspektive nicht so sehr. Er hätte beinah seinen Kopf zwischen ihre Waden gelegt, um ihren Hintern begutachten zu können, doch er hatte Angst, sie zu wecken. Er senkte den Kopf zu Boden, zu Füßen des Bettes, und hob ihn, um das Gesäß erneut zu sehen und voller Überraschung wahrzunehmen. Er stand auf und ging in die Küche, kehrte zurück, um den bloßen Hintern wieder zu entdecken, und er sagte sich: »Kaum zu fassen! Kaum zu fassen!« Er beschloß: »Ich werde rausgehen und heimkommen, als sei die Wohnung leer und nichts erwarte mich. Ich werde eine göttliche Überraschung erleben.« Er verließ leise die Wohnung, ging nach unten, sah in den Briefkasten, als kehre er gerade erst heim, versuchte an nichts zu denken, schaffte es mit großer Mühe, stieg nach oben, öffnete die Tür, bereitete sich auf das Nichts vor, ging in sein Zimmer, und zu seinem vollkommenen Staunen sah er die junge Frau bäuchlings auf seinem Sofa liegen und ihm – höchste Verwunderung! – ihren blanken Hintern entgegenstrekken. Er schnappte schier über vor Erstaunen. Dreimal wiederholte er die ganze Prozedur. Er wurde müde. Sie schlief tief und fest. Er kam und legte sich zu ihren Füßen, nahm erneut das leere Tablett, um es sich grundlos noch schwerer zu machen vor ihrem bloßen, vergnügten Gesäß. Er verglich seine erniedrigte Lage mit der ihres Hinterns und stellte fest, daß der Allerwerteste es besser hatte. Er lud zwei volle Gurkengläser aus dem Kühlschrank auf das Tablett und stellte es auf eine seiner Handflächen. In der anderen Hand hielt er ihre Schuhe, die sie abgestreift hatte, bevor sie sich zum Schlafen hingelegt hatte. Es wurde ihm schwer, und er fühlte sich sehr erniedrigt. Er staunte beim Anblick der Ruhe ihres Sitzfleisches angesichts seiner Bedrängnis. Er begriff nicht, wie die Gesäßinhaberin und ihr Gesäß in aller Ruhe dösen konnten, während er hinter ihnen kniete, der Atem schwer vor Leidenschaft und Kränkung und zu alledem noch eine schwere, lächerliche Last tragend. Er verstand nicht, wie man ihn nicht bemitleiden konnte. Sein Verstand verglühte nahezu vor ungerechter Behandlung. Er steigerte sich und bestrafte sich, indem er auf dem Tablett noch ein Olivenglas hinzufügte. Er hatte es sehr schwer. Tränen standen in seinen Augen. Er war müde. Er stellte das Tablett ab und verließ nochmals die Wohnung, versuchte seine frühere

Überraschung zu wiederholen, doch obgleich der Hintern immer noch ein Hintern war, war er diesmal nicht verblüfft. Er beschloß, mit seiner Bestrafungsstrategie weiterzumachen. Er setzte sich auf den Fußboden neben das Bett, musterte die Hinterbacken und sagte sich in seinem Innern: »Angenommen, ich bekomme einen Herzinfarkt.« Er röchelte leise. Er hielt sich die Brust. Die ganze Zeit wendete er die Augen nicht von dem nackten Körperteil. Er staunte, verstand nicht, wie man ihn einen Herzinfarkt bekommen und verrecken lassen konnte, während der Hintern ihm blank und friedlich in seiner Todesminute ins Gesicht spottete. Er verzog seine Miene zu allerlei Grimassen, um sich vor dem Sterz herabzuwürdigen, der sich kein bißchen verzog, sondern nur weiterhin hügelig und prachtvoll dalag. Er fühlte sich gedemütigt. Er stellte sich vor, er liege im Sterben, während die junge Frau und ihren Hintern noch ein langes, gutes Leben erwartete. Es tat weh, daß er sterben und im Grab verwesen würde, während der Hintern nach Kalifornien fliegen und mit amerikanischen Männern in Schaumbäder tauchen würde. Die junge Frau erwachte und trank noch einen Kaffee. Er war schon sehr erschöpft und saß kauernd und tatenlos da. Sie trank, erfrischte sich, rauchte noch eine Zigarette, ging nochmals aufs Klo, ging hinaus, lächelte, sagte: Tschüß!, und weg war sie. Er hatte das Gefühl eines Versäumnisses.

Czopek und Aptschik sehen einen Kitzler

1.

Es ist Nacht. Eine Straße vor einem Nachtclub. Czopek und Aptschik gaffen auf den Eingang. Ein Zuhälter kommt aus dem Club, geht auf sie zu.

ZUHÄLTER Please? Girls? Peep-Show?

CZOPEK Sehen wir aus wie Touristen?

ZUHÄLTER Jetzt kommen sie sogar aus Albanien her. Wollen Sie reinkommen? Ein kompletter Striptease.

CZOPEK *versucht zu gähnen.* Vielen Dank, wir waren gerade im Einsatz; wir brauchen zur Abwechslung ein wenig Unterhaltung.

Zu Aptschik.

Wir haben schon ein paar Frauen in unserem Leben gesehen, was?

APTSCHIK Es wird auch nichts schaden, noch ein, zwei weitere zu sehen.

CZOPEK Sag das nicht, wir haben unsere Schuldigkeit getan.

APTSCHIK Zu oft im Dunkeln.

CZOPEK Sag das nicht, wir haben unser Soll in puncto Vergnügen erfüllt, o ja, das haben wir.

Zu dem Zuhälter.

Uns steht sogar noch eine Rückvergütung zu.

APTSCHIK Keine bedeutende.

CZOPEK *zum Zuhälter.* Haben Sie etwas Interessanteres?

ZUHÄLTER *leise.* Sie macht die Beine ganz auseinander.

CZOPEK Und ...?

ZUHÄLTER Man sieht alles.

CZOPEK Was sieht man?

ZUHÄLTER *gekränkt.* Aber mein Herr!

CZOPEK Nein, im Ernst, was sieht man? Gibt es etwas, was wir noch nicht gesehen und durchgemacht haben?

Versucht zu gähnen.

ZUHÄLTER *noch leiser.* Den Kitzler, live.

CZOPEK *wechselt einen langen Blick mit Aptschik. Zum Zuhälter.* Entschuldigen Sie einen Moment.

Geht mit Aptschik ein paar Schritte zur Seite; sie beraten sich leise.

Er sagt, der Kitzler in einer Live-Show.

APTSCHIK Ach?

CZOPEK Ja.

APTSCHIK Nun, wenn es sich um den Kitzler handelt...

Pause.

CZOPEK Ja, wenn es der Kitzler ist...

Pause.

Hast du je von dem Kitzler gehört?

APTSCHIK Ich? Aber sicher. Das ist der Spitzname eines berühmten Komikers aus dem Kino. Ich habe gehört, er soll sehr komisch sein. Erinnert angeblich bei seinen Vorstellungen an Charlie Chaplin.

CZOPEK Ja, jetzt fällt es mir ein, ich habe auch von ihm gehört. Ein fabelhafter Komiker.

APTSCHIK Frag ihn, ob es der mit dem Schnauzbart ist.

CZOPEK *kehrt zu dem Zuhälter zurück.* Verzeihen Sie, dieser Kitzler, der bei Ihnen auftritt, ist das der mit dem Schnurrbart?

Zuhälter *sieht ihn an, als wolle er prüfen, ob man sich über ihn lustig macht.* Da ist schon ein Schnurrbart.

Czopek *zu Aptschik.* Hast du gehört? Er hat einen Schnauzer.

Aptschik *leise.* Und einen Papagei?

Czopek *geht zu dem Zuhälter.* Hat er einen Papagei?

Zuhälter *als ginge ihm ein Licht auf.* Der Papagei ist krank.

Czopek *zu Aptschik.* Hast du gehört? Der Papagei ist krank.

Aptschik Schade, aber er ist auch ohne den Papagei gut.

Czopek *geht zum Zuhälter.* Es stand überhaupt nicht in den Zeitungen, daß der Kitzler im Land ist. Ich wundere mich auch, daß er hier eine Vorstellung gibt und nicht in der Cinemathek.

Zuhälter Mein Herr, er ist hier, live.

Czopek Denn, wie schon gesagt, Striptease an sich interessiert uns nicht so sehr, wir kommen gerade vom Einsatz. Uns interessiert in erster Linie der Kitzler.

Zuhälter Sie werden ihn dauernd zu sehen bekommen.

Czopek Wieviel kostet ein Billett?

Zuhälter Vierzig Schekel Eintritt, ohne Getränk.

Czopek Wir sind nicht interessiert an Getränken, wir kommen gerade vom Einsatz, und ich habe Probleme mit der Leber…

Zuhälter Die Karte ist ohne Getränk.

Czopek berät sich leise mit Aptschik. Es wird aus ihren Gesten ersichtlich, daß Aptschik äußerst begierig auf die Sache ist. Czopek kehrt zum Zuhälter zurück.

Czopek Wir werden Ihnen dreißig Schekel die Karte bezahlen.

Zuhälter Herrschaften, hier wird nicht gehandelt. Sie zahlen überall vierzig Schekel Eintritt. Und hier haben Sie auch noch den Kitzler!

CZOPEK Aber kein Getränk!

ZUHÄLTER Sie haben doch Probleme mit der Leber!

Czopek berät sich wieder leise mit Aptschik.

APTSCHIK Er hat recht, er bietet uns hier den Kitzler und schont dir auch noch die Leber, da ist nichts zu machen.

CZOPEK Gut, gehen wir rein. Wenigstens werden wir vor Lachen platzen. Wir werden uns ein wenig von diesem schmutzigen Sexualleben erholen. Ich habe die Nase voll von den Weibern!

Sie bezahlen und gehen rein.

2.

Später. Im Nachtclub. Eine Stripteasetänzerin tanzt und entblättert sich. Czopek und Aptschik sehen zu, halbwegs gelangweilt.

CZOPEK Überhaupt nicht witzig. Warum macht sie ständig die Beine breit?

APTSCHIK Vielleicht betritt er durch ihre Grätsche die Bühne?

CZOPEK Sie ist schon eine halbe Stunde auf der Bühne, und er ist noch nicht hier.

APTSCHIK Vielleicht hat er Verspätung?

CZOPEK Wo ist der Produzent?

Steht auf, geht raus, kehrt mit dem Zuhälter zurück.

Mein Herr, wo ist der Witz?

ZUHÄLTER *mißtrauisch, denkt, man macht sich über ihn lustig.* Verarschen Sie mich?

CZOPEK Sie haben uns diesen Kitzler angekündigt, und nun drückt sich an seiner Stelle dieses Mütterchen hier herum, macht die Beine auf und zu, wie lange soll das so weitergehen?! Und der Kitzler?!

ZUHÄLTER Sehen Sie denn den Kitzler nicht?!

CZOPEK Wo ist er denn, der Kitzler?!

ZUHÄLTER *geht mit ihm zu der Stripteasetänzerin, zeigt zwischen ihre Beine.* Und was ist das?!

CZOPEK Nun, was soll das schon sein?!

ZUHÄLTER Das ist der Kitzler!

CZOPEK Wo?

ZUHÄLTER *zeigt mit dem Finger zwischen die Beine der Stripteasetänzerin.* Hier! Der Kitzler! Alles! Hüllenlos! Genau vor Ihren Augen! Was wollen Sie mehr?!

Czopek und Aptschik sehen erstaunt sehr genau zwischen die Beine der Striptänzerin.

CZOPEK Überhaupt nicht witzig.

APTSCHIK Weit entfernt davon, an Charlie Chaplin zu erinnern.

CZOPEK Sieht mehr wie eine Warze aus.

APTSCHIK Im besten Fall.

CZOPEK Hier hauen sie einen übers Ohr. Pfui Deibel!

Gehen raus.

3.

Noch später. Auf der Straße. Czopek und Aptschik gehen.

APTSCHIK Und ich bin immer noch überzeugt, daß der Kitzler ein Komiker aus dem Film ist. Sie haben ihn einfach nicht gebracht, haben das Geld eingesteckt, uns eine Warze zwischen den Beinen dieses Mütterchens gezeigt und behauptet: Das ist der Kitzler.

CZOPEK Hätte er sich wenigstens entschuldigt und Filme von Charlie Chaplin oder Dick und Doof gezeigt.

Gehen weiter.

APTSCHIK Sieh mal, hier gibt es ein öffentliches Telefon, laß uns die Rundfunkanstalt anrufen. Sie haben eine Sendung »Hörer fragen«. Wir werden sie fragen, wer der Kitzler ist.

CZOPEK Du rufst an.

APTSCHIK Wenn ich anrufe, gebe ich mich als Czopek aus …

CZOPEK In Ordnung, ich rufe an.

Ruft an.

Hallo? Ist dort das Radio? »Hörer fragen«? Ich bin ein hier ansässiger Bürger. Mein Name ist Aptschik, ich möchte etwas über den Kitzler wissen: Ist das ein berühmter Komiker aus dem Film oder eine Warze auf einer Frau?

Hört einen Moment zu.

Vielen Dank!

Legt den Hörer auf. Zu Aptschik.

Eine Warze, und man hat das auch noch volle Pulle im Radio gesendet, in deinem Namen.

APTSCHIK *ruft an.* Hallo? Ist dort das Radio? »Hörer fragen«? Nein, ich habe keine Frage. Es geht um den Kitzler. Der, der gefragt hat, war Czopek. Nicht Aptschik – Czopek. Vielen Dank!

Zu Czopek.

Schon gesendet. Man hat es auch in Zypern gehört, daß es Czopek war.

CZOPEK *ruft an.* Hallo? Ist dort das Radio? »Hörer fra …«

Legt auf.

Aufgelegt, mitten im Satz. Beim Radio sind sie mit uns fertig.

Gehen weiter. Nach einer langen Pause.

APTSCHIK Und ich bin immer noch sicher, daß er ein Komiker aus dem Film war. Und als er starb, nannte man die Warze nach ihm. Wie man nach dem Tod von Washington Washington nach seinem Namen nannte.

CZOPEK Kein Vergleich. In Washington ist wenigstens was los.

APTSCHIK Das ist es, man debütiert im goldenen Zeitalter der Komödie, und man endet als Warze.

CZOPEK Und wer weiß, was man noch alles Czopek nennen wird, wenn ich erst tot bin.

APTSCHIK Sicherlich ein Zäpfchen für den Hintern.

CZOPEK Ein Unglück, dieser Tod ist einfach ein Unglück.

Treten ab.

Eine Abhandlung über die Erschaffung gewisser weiblicher Körperteile

Kein allzu großes Vergnügen hat Gott vermutlich empfunden, als er der Frau den letzten Schliff gab. Wenn wir vom letzten Schliff sprechen, meinen wir selbstredend die Erschaffung der Spaltung von Scham und Gesäß. Es ist leicht zu durchschauen, daß die Frau zunächst mit zusammengebundenem, schwarzem Haar und dunklen Augen, bohrend und böse, auf dem Rücken lag wie zu einem Sonnenbad, während Gott in einer roten Gummischürze wie ein Masseur ihre Haut bearbeitete und durchknetete. Dann machte er sich an die Fertigung der Vulva. Er sägte langsam in den flachen Hügel zwischen ihren Beinen mit einer mit winzigen, zarten Zähnen ausgestatteten Säge, langsam, langsam, während die Frau hin und wieder Seufzer der Erquickung ausstieß und ihre Stirn mit einem Ausdruck der Qual, den die Damen während sinnlicher Lustbarkeiten gern aufzusetzen pflegen, in Falten legte.

Stunde um Stunde, vielleicht sogar zwei Nächte lang – tagsüber schuf er ja den Rest der Welt – widmete sich der Herr meisterhaft der Schöpfung der Scham und feilte und schliff mit unendlicher Zärtlichkeit. Bei jeder sägenden Bewegung legte er den Kopf nah an die Kerbe und pustete »Puh!«, um das Sägemehl zu zerstäuben, während Schweißtropfen seiner Stirn den umliegenden Hügel benetzten. Aus diesen Tropfen erwuchs dereinst das Schamhaar. (Seht nur, was sich die Frau aus der Essenz der göttlichen Kraft sprießen läßt: Ein Dickicht grober Halme, schwarz und kraus, die sich zu keiner einheitlichen Frisur zusammenfügen, sondern eher zur Kategorie der gebrauchten Bürste tendieren oder zu der der künstlichen Putzwolle, gemeinhin als »Stahlwolle« bezeichnet. Hütet euch, wenn ihr zum Schamhügel der Frau vordringt, daß euer Glied sich nicht allzu heftig an der Stahlwolle eurer Geliebten reibt, wodurch euch ein Reiz entsteht und eventuell durch ungewöhnlich energischen Rieb aus dem Fleisch eures Glieds Späne fallen, die man im Volksmund als »Spätzle« bezeichnet. Wehe uns, die wir geschlagen sind. Die ganze Männlichkeit ist nichts weiter als ein Spätzle. Und nun nimmt man uns auch noch und zermahlt uns. Man zermürbt uns zu Zehntausenden von Spätzle!)

Die Frau lag regungslos da – kaum erschaffen, schon ruhte sie sich aus! –, und sie ließ Gott den Einschnitt vervollkommnen und vertiefen. Gott schuf ihr eine zarte Öffnung, sparsam und eng wie der Einwurf einer Sparkasse. In diesen Einwurf wird die Frau künftig viele gute Münzen vom Besten, was die männliche Energie zu bieten hat, schleusen, wird die fette Beute in ihrem Innern verwahren und nichts freisetzen, bis auf ein wenig salziges wäßriges Sekret, um die Seitenwände ihrer vaginalen Kasse rein zu halten. Zwei- oder dreimal in ihrem Leben wird sie aus ihrem Leib winzige heulende Verdammte verbannen – »Nach Sibirien mit euch, ihr Schurken. Ich bin kein Lagerraum!« Dann wird der Einschnitt sich kurz weiten und sich danach wieder zu dem üblichen Geiz und der üblichen Bosheit verengen.

Gott war es sehr peinlich. Wie konnte man ihm zumuten, daß er sich über eine liegende Frau beugen und an ihrer Vulva arbeiten mußte, während sie demonstrativ splitternackt war, keine Scham empfand, ihm keinerlei Beachtung schenkte, letztendlich war er wie ein Diener, oder geringer noch, ein Eunuch, den die Frau für ihre intimen Dienste benutzte, ohne die geringste Befürchtung, daß er über sie herfiel. Daß sie ihm und seiner Ehre gefährlich zusetzte – das interessierte sie nicht; daß man ihn verletzte und ihm seine Hoden unter schrecklichen Qualen entriß – und das alles für sie –, war nicht ihr Problem. Und im Grunde entsprach es auch nicht der Wahrheit, daß man ihn kastrierte, schlimmer noch, er war und blieb ein Mann. Er arbeitet an ihrem Schoß und leidet unter seinen Trieben, und sie, ihr ist das einerlei. In der Tat, die niedrigste aller Erniedrigungen, die schwerste Beleidigung von allen ist es, einen Mann für niedere Tätigkeiten an einer nackten, verwöhnten, lachenden Frau zu benutzen, seine Flamme zu entfachen, um sie dann zu ignorieren. Und so, erregt bis zur Besinnungslosigkeit wegen der Schätze ihres Leibes, die sich ihm präsentierten, verlor er leise den Saft seiner Sehnsüchte in seine Unterhose. Wie unter chinesischer Folter Tropfen für Tropfen ausgepreßt, von der immensen Kraft seiner Erniedrigung verzehrt, produziert er Gefühle und Sekrete, die nicht nach außen zur Anwendung gelangen, sondern in ihm verbleiben, bis zur Fäulnis gären, giftige Mischungen entstehen lassen – aus einer Massage von Frauenfleisch geht er an einer allgemeinen Vergiftung erkrankt hervor, während all sein Körpergewebe sich zu bösartigen Geschwüren verdichtet.

Schließlich brachte Gott das Sägen und Schleifen der weiblichen Vagina zu einem Ende, und er ersuchte sie, sich auf den Bauch zu drehen. Die Frau lächelte ein wenig vor Zufriedenheit, hatte keine Eile beim Wenden, sondern fuhr fort, noch eine träge Minute der teilnahmslosen Rückenlage auszukosten, ließ Gott warten – warten, das deutlichste Zeichen für Unterwerfung! –, dann vollführte sie zwei einander ergänzende Drehungen, eine auf die Seite und eine weitere, nach einer Weile, auf den Bauch, raffte mit einer Hand ihr Haar, das zu beiden Seiten ihres Gesichts auseinandergefallen war, und legte es gebündelt auf den Nacken. Ihre Augen sind geschlossen, sie ermöglicht es Gott, dem negroiden Albino, der an ihrer Seite steht, sie weiter zu bedienen.

Weil Gott im Begriff war, mit der Massage des Rückens der Frau zu beginnen, um ihn weich zu kneten, legte er, aus Gründen der Keuschheit und Konzentration, ein kleines Handtuch, zweimal gefaltet, auf die Breite ihres Gesäßes (so verhält sich auch der Zahnarzt, der beim Bohren darauf achtet, das Gesäß der Frau und ihre Vulva zu bedecken), aber bevor es Gott gelang, mit der Massage des Nackens zu beginnen, streckte die Frau die Hand aus zu ihrem Hinterteil – und dabei berührte sie leicht die Öffnung der göttlichen Hose, die sich an die Liege schmiegte – und zog mit einer energischen Bewegung, die keinen Einspruch duldete, das Handtuch von ihrem Allerwertesten. Ihr schweres, unbearbeitetes Hinterteil, dem zu diesem Zeitpunkt noch der Schnitt der Spaltung fehlte, ruhte herausfordernd und aufsässig vor dem Gesicht Gottes. Mit einem Herzklopfen der Leidenschaft und Beleidigung sah Gott diesen feisten Klumpen, Gegenstand der männlichen Erregung und Beschämung. Blut schoß ihm in den Kopf, überschwemmte seine Augen, ein Moment der Besinnungslosigkeit, blutiger Zorn, und anstatt eine feine Säge zu nehmen, packte er mit seinen vom Massageöl schmierigen Händen eine große Axt. Er hob sie, rammte ihre Schneide mit einem heftigen Schlag in die Mitte des Hinterteils und entzweite es. Die Frau kreischte nicht und sprang nicht auf, denn es fehlte noch die Fertigstellung des Nervensystems und der Schmerzempfindlichkeit. Nur ihr Fleisch bebte einen Moment unter dem Schlag, in einer Bewegung hämischer Elastizität vor dem gequälten göttlichen Antlitz. (Später mußte Gott mit der Spitze der Schneide der Axt einen weiteren Schlag hinzufügen, weniger gewaltig, doch genau angepeilt, um den After zu perforieren.)

Hier haben wir die Ursache jenes abgrundtiefen, zum Himmel schreienden Unterschieds zwischen dem zarten, verzärtelten Vulvaschacht, nahezu die Arbeit eines Kunstschmieds, filigran, zu der Furche, dem Graben des Gesäßes, dem groben Vandalismus eines Metzgers oder Holzfällers, eine schroffe Senke, ein geologischer Graben, das Resultat der Erschütterungen von Wut und hilflosem Zorn, von tosenden Naturgewalten, ein Vulkan, der aus seinem Schlot furchtbare Salven von Dreck in den bläulichen Himmel speit, unser ganzes Leben vergiftet und unter sich erstickt. Zwischen diesen beiden gigantischen ewigen Felswänden, in der tiefen Schlucht, in der Jauchegrube ohne Boden, dort werden wir uns von der Geschichte ausruhen, mit der wir uns soeben abgemüht haben, dort werden wir auch unseren Gott zurücklassen, seine Brust und sein Gesicht an den Hintern der Frau gelehnt, erniedrigt, besiegt, leer, das Gesicht schweißnaß, die Augen stumpf, einen Arm um ihren Rücken geschlungen, der zweite aus dem Bett baumelnd und in der Luft schwingend, wie ein lethargisches Pendel über einem kleinen, zerknüllt auf den Boden geworfenen Tuch.

Der schlafende Mann

Als er in den Schlaf fällt, fühlt der Mann seine Niederträchtigkeit nicht mehr, er versinkt und kreist in dichtem Dunkel. Für einen Augenblick – aus einem Traum? – trachtet ein Spucken aus seinem Mund in die Außenwelt geschleudert zu werden. Doch der Speichel sammelt sich nicht, und die Lippen spitzen sich nicht, und aus dem schlaffen Mund, der ein wenig aufklafft, wird der triefende Geifer zu einem sich auf dem Kissen ausbreitenden Fleck.

Zu Füßen des Betts steht ein anderer Mann, der einen schweren Gegenstand schwingt; ein junges Mädchen, dessen Augen weit aufgerissen sind und das sich nah bei der Tür aufhält, hebt die Hand, um damit den Mund zu bedecken.

Jenseits der Tür, auf einfachen Holzbänken, sitzen ein paar Menschen; der eine oder andere liest die Zeitung, blättert mehr, als er liest, manche summen leise, im Hinterkopf die allgemeine Information, daß es hinter der Wand einen Mann gibt.

Weiter weg, jenseits des Hauses, existiert auch dieses Wissen nicht, und in der klaren Nachtluft entfaltet sich wie ein erleichtertes Aufatmen, wie ein Erwachen aus einem bösen Traum, wie der Schlafende selbst, ein vollendetes Nichtsein des Mannes.

Über die Jugend im Spiegel des Alters

Junge Menschen denken, daß die Alten nichts zu tun haben, außer auf dem Balkon zu sitzen und sie bewundernd zu begaffen. Ein junger Mann, unverheiratet, steht neben seinem Wagen auf der Straße, und ein alter Mann schaut ihm vom Balkon des zweiten Stockwerks zu. Ein junges Mädchen kommt die Straße herunter und hüpft munter genau in die Arme des jungen Mannes. Sie küssen sich. Der junge Mann sagt ihr etwas, sie lacht, er strafft den elastischen Rücken, vor Kraft und Frohsinn strotzend. Natürlich hat er keinerlei Interesse an dem vertrockneten alten Väterchen, das zwischen der trocknenden Wäsche auf dem Balkon herumsitzt. Doch ein Bruchteil seines Lachens und Reckens ist eine Art Demonstration seiner Jugend vor diesem. Der Alte, so meint der junge Mann, betrachtet ihn mit erstauntem, neidvollem Blick und würde ihm am liebsten applaudieren. Ihr werdet fragen, wozu braucht der junge Mann die Anerkennung eines fremden Greises. Schließlich hat er ein Mädchen und einen Wagen wie aus dem Film, und die ganze Welt liegt ihm zu Füßen?! – Nun ja, so ist das, ein wenig Staunen und ein bißchen Neid können nie schaden.

Der junge Mann holt sich eine Zigarette und schmeißt die leere Schachtel auf den Bürgersteig. Auf einmal steht der Alte auf und kreischt: »Hör mal, das hier ist kein Mülleimer!« Und der junge Mann hebt für einen Moment die Augen, ein leichtes Grinsen auf den Lippen, und heftet sie wieder auf die junge Frau. Die Schachtel hebt er nicht auf. Der Alte spürt einen Stich in seinem Herzen. »Was meinst du, wer du bist?!« ächzt in ihm eine dünne, innere Stimme. Und große Verwunderung, ein glühendes, haßerfülltes Staunen der Zurücksetzung, überkommt ihn.

Ergo kein Staunen, keine Bewunderung für die Jugend, nur ungemeine, bittere Verwunderung. Er versteht einfach nicht, wieso es dem jungen Mann dort unten nicht in den Sinn kommt, daß auch er, der Alte, einmal jung war und eine junge Frau umarmt hat (wenn auch nicht neben einem Wagen) und daß er, der junge Mann, einmal alt sein wird wie er, daß sein Körper steif werden wird und die Zähne ihm ausfallen werden und daß er auf einem Balkon mit blättrigem Anstrich sitzen wird, während die Knochen vor Schwäche beben und sein Mund mit fader Säure gefüllt ist?! Und wenn doch, wieso ist er dann fähig, eine leere Zigarettenschachtel wegzuwerfen, wie ist er überhaupt in der Lage weiterzulachen, wieso erstarrt sein Arm nicht, der um die Hüfte der jungen Frau geschlungen ist, und warum kommt er nicht nach oben, um sich neben den Alten zu setzen, um von ihm diese Lektion zu lernen, und wie kann er es wagen, die sonnenklare Wahrheit zu ignorieren, ins Auto zu steigen und sich mit seiner Hure aus dem Staub zu machen?! Zwischen den Reihen der Lumpen, die an der Wäscheleine über dem Kopf des Alten hängen – alte Handtücher, Wollsocken, Hemden, verblichene Unterhosen, breit wie Frauenkleider, und sogar eine Nylontüte, die soeben gewaschen wurde und nun zum Trocknen dahängt –, aus dieser Lappenreihe will ein großer Schrei brechen, ja, damit die ganze Welt es vernimmt: »Auch ihr werdet sterben! Wie ich, wie ich! Ihr werdet sterben!«

In der Nacht wurde der Atem des Alten schwer. Sein Herz pochte stark, er war bis zum Zerbersten voll mit Haß und Verbitterung. Ein stechender Schmerz breitete sich in seiner Brust aus. Er will vergessen, zur Ruhe kommen, ausruhen, in genesenden Schlaf fallen, aber ein piepsendes Röcheln dringt aus seiner Brust, die Zigarettenschachtel taucht erneut vor seinen Augen auf, und hinter ihr, wie Hammerschläge: »Auch ihr ... auch ihr ... auch ihr ...!« Die ganze Nacht schuftete der Alte, um Weisheit in den Schädel des jungen Mannes zu hämmern. Ihn zu überzeugen, daß auch er sterben würde, während der junge Mann zur gleichen Zeit mit seinem Mädchen in einem Nachtclub tanzte, sich der Weisheit verschloß, sich energisch der Erkenntnis widersetzte, daß auch er die Augen zumachen würde. Er weigerte sich rundweg, das anzuerkennen.

Am Morgen, zu später Stunde, geht der junge Mann nach draußen, um frische Brötchen zu holen, und erfährt, daß der Alte gestorben ist. Auf dem Balkon wehen leere verblichene Unterhosen im Wind des sommerlichen Morgens. Ein schwarzer Schatten, eine unangenehme frostige Bö läuft ihm über das Rückgrat. Es tut ihm leid um den Alten. Er mag alte Leute. Er findet sie malerisch (die Fremden – nicht die eigenen Eltern!). Sie sind ruhig, markant, verleihen Atmosphäre, vor allem haben sie augenscheinlich kein Eigenleben, sondern sie sitzen auf dem Balkon, wie in einen Blumentopf verwurzelt, eingereiht in die hängende Wäsche, und bewundern das Strahlen der Jugend.

Es vergeht eine Woche, ein Monat. In die Wohnung des Alten ziehen neue Mieter, besser gesagt eine Mieterin nimmt Einzug. Auf dem Balkon steht ein Hund, er schaut hinaus. Der junge Mann verläßt das Haus und geht zu seinem Wagen. Der Hund schaut ihn an, bewundert nichts, und nichts erregt seinen Zorn. Der junge Mann interessiert ihn nicht. Der junge Mann bedauert dies, doch nur ein wenig. Denn bis er mit seinem Wagen losfährt, ist ihm die ganze Angelegenheit schon entfallen, und sein Kopf ist vollkommen frei von dem Alten, wie auch der junge Mann nicht im Kopf des Hundes ist, der sich auf das Balkongeländer unter der neuen Wäsche lehnt, mit den Unterhosen eines jungen, modernen Mädchens, winzige, rötliche, durchscheinende Unterhosen mit einem gestickten Schmetterling in der Mitte.

Geschlagen

Beim Anblick der Angst und Besorgnis in seinen Augen, während sie auf ihn zuging, hob sie langsam die Hand, als vollführe sie mit viel Humor eine zeremonielle Tanzbewegung, und schlug ihm auf einmal mit voller Wucht auf die Wange, dann ohrfeigte sie mit ihrer zweiten Hand seine zweite Wange, während er dastand und ihre schrecklichen Schläge einsteckte, regungslos, bis auf das natürliche Vibrieren seines Gesichts durch die Erschütterungen der Schläge.

Es war die zweite Ohrfeige, die ihn unvorbereitet traf und ihn um ein Haar das Gleichgewicht gekostet hätte. Um es zu halten, war Kraft erforderlich, und in der Tat hatte er gekämpft, um sich auf seinem Platz zu behaupten, bereit für ihre nächsten Hiebe. Augenblicklich legte sich eine hellrote Farbe auf seine Wangen und verwandelte sich in kräftiges Purpur.

Sein Versuch, die Balance zu halten, nur damit sie ihn weiter bequem verprügeln konnte und ihre Hand sich nicht über Gebühr bemühen mußte, um ihn zu erwischen, die Erkenntnis, daß er sich aufrieb, entgegen seinen natürlichen Impulsen, um ihren Bedürfnissen gerecht zu werden – feuerten sie an und erregten sie bis zum Exzeß. Sie wußte auch, daß ihre starke Gemütsbewegung seinen Augen nicht verborgen blieb und ihn dazu trieb, noch weiterreichende Anstrengungen zu unternehmen, um geschlagen zu ihrer Verfügung zu stehen.

Sie lockerte ihre Linke, ließ sie an die Seite ihres Körpers fallen und spürte, wie sie sich mit neuer, gewaltiger Kraft füllte, die nicht den Handmuskeln entsprang, sondern von der Glut gänzlich anderer Körperregionen gespeist wurde. Auf diese Weise, entgegen jeder Logik, wuchs ihre Kraft, je mehr sie schlug, und zu einem bestimmten Zeitpunkt erreichte sie gar einen gewissen erhabenen Gipfel an Hochstimmung und Sinnlichkeit, der keine Steigerung mehr zuließ, als plötzlich eine Art göttliche Ruhe sie überkam, eine ungekannte Entspanntheit, und sie fuhr fort, ihn zu ohrfeigen, diesmal mit kühlem Feuer, mit jener gemäßigten Gleichgültigkeit eines unbeteiligten Zuschauers.

Auch hinter seinen Qualen stand eine Art unbeteiligter Zuschauer. Und wie in ihm das grenzenlose Bedürfnis herrschte, sie weiterhin zufriedenzustellen, und die große Lust, niederzufallen und die schlagende Hand zu küssen, ihn innerlich ganz und gar dahinschmelzen ließ – so sah der Unbeteiligte, der Zuschauer in ihm mit kühler, bösartiger Genugtuung auf das hemmungslose Schmerzzufügen.

Plötzlich hörte sie auf, ihn zu schlagen, sie entfernte sich von ihm und wandte sich dem Fenster zu, schaute nach draußen, als betrachte sie etwas, drehte sich nochmals zu ihm hin, immer noch zu weit weg, um erneut auf ihn einzuhauen, und ihre Augen sahen ihn prüfend an. Jenseits der Tränen, die seine Augen verschleierten, lag in seinem Blick eine zügellose Hingabe, und sie war zufrieden, daß er den richtigen Blick hervorbrachte. Dann ging sie auf ihn zu – trotz der Zufriedenheit oder gerade wegen ihr –, hieb noch zweimal auf ihn ein und hörte auf, ohne irgendeinen Bezug zu irgend etwas.

Was sah der Totengräber?

Wie wir alle, so bekommt auch der Totengräber von dem Moment an, in dem er früh am Morgen freudlos die Augen aufschlägt, einem die Tür öffnenden Diener gleich, bis zum Abend, an dem er sie endlich mutlos schließt, allerhand zu sehen. In der langwierigen, beschwerlichen Phase, in der die Augen offen sind, schwemmt ein gewaltiger Strom trüber Anblicke in des Totengräbers Hirn, welche die Nacht über gegen die geschlossenen Lider drückten und um Einlaß begehrten. (Zwar wird der Totengräber auch bei geschlossenen Augen, in Träumen und Phantasien, allerlei gewahr, doch handelt es sich hierbei nicht um frische Impressionen von außerhalb, sondern um Bilder, denen es längst gelungen ist, ins Gehirn vorzudringen, wo sie es warm haben, vor lauter Freude in derben, unbekümmerten Bewegungen durch sämtliche Kammern tanzen und schwirren und dem Totengräber die Möglichkeit vereiteln, sich ins Leere zu flüchtigen.)

Welcher Art sind die gewöhnlichen Anblicke, die im Laufe des Tages in die Augen des Totengräbers dringen? Da ist zunächst der Hintergrund – Häuserreihen und Straßen, die der Totengräber passiert und die die Menschen mit winzigen, ruhigen, nahezu unmerklichen Kraulbewegungen an den Fußsohlen kitzeln, dem trägen

Kraulen einer Hure, da es sich um ein lustloses, im Grunde leidiges Reizen handelt. Auch die Mauern der Häuser, außen wie innen, geben vibrierende Luftbewegungen ab, und in der Nacht schwimmen wir geradezu in einer prickelnden, bewegten Luftsee, die uns mit ihrem anregenden Kribbeln den Blutdruck steigen läßt und in der Menschen mit Gleichgewichtsproblemen leicht versacken, wofür es genügend Beispiele gibt. Dies erklärt auch jene merkwürdige Erscheinung, daß der Mensch durch die Straßen geht und aus heiterem Himmel, ohne ersichtlichen Grund, ein kleines, lüsternes Lächeln aufsetzt: Hier wird einer gereizt!

Abgesehen von dem Hintergrund, fällt, naturgemäß, der Blick auf die Menschen, die durch besagte Kulisse wandeln. Die Menschen tragen fortwährend Nahrungsmittel, Dinge oder Frauen von Ort zu Ort, ohne besonderes Ziel, weshalb sie als die Laufburschen des Lebens gelten können. So trägt zum Beispiel ein Mann einen Fisch vom Markt zu seinem Heim, und wenn er am Abend ausgeht, trägt er den Fisch in seinem Bauch von seiner Wohnung ins Theater; was ist dieser Mann anderes als ein einen Fisch befördernder Laufbote? Und wozu diese ganzen Transporte von hier nach da? Birgt der Transportweg überhaupt eine Logik? Der Mensch selbst hat keine Ahnung. Oder ein anderes Beispiel, der Mensch geht mit einer Frau ins Café. In dem Café füllt die Frau Kaffee und Kuchen in ihren Magen, die sie im Bauch mit sich trägt, während der Mann sie auf seinen Armen vom Café in sein Zimmer bringt. Dort gibt der Mann der Frau ein Glas Wein und ein belegtes Brot, schüttet etwas Samen in sie, und zusammen mit dem Kaffee und dem Kuchen transportiert die Frau das Ganze in der Nacht vom Zimmer des Mannes zu ihrer Wohnung, während der Mann sie samt

Inhalt in den Armen hält und der Taxifahrer beide in seinem Wagen befördert. Und selbst wenn der Mensch weder etwas zu sich nimmt noch einer Frau begegnet, sondern allein durch die Straße schlendert, mit leeren Händen und Leere im Bauch, trägt er dennoch seine Hosen von Ort zu Ort, und da haben wir wieder den Laufburschen. In der Tat, eine rege, flinke Welt, ein riesiges Unternehmen von ziel- und rastlosen Laufburschen, die die Dreistigkeit besitzen, ihre Botengänge mit dem aufregenden Namen »gutes und erfülltes Leben« zu betiteln.

In dieser emsigen Welt hasten auch die Augen des Totengräbers hin und her, bleiben für einen Moment an einer Sache haften, von der sie umgehend mit dem Gefühl der Fadheit und der Langeweile ablassen, heften sich auf etwas Neues, versuchen, ohne allzu große Zuversicht, die Möglichkeiten, die darin verborgen liegen – gewöhnlich liegt in nichts etwas verborgen –, auszuschöpfen, und sie ziehen weiter, blinzeln ein wenig und schauen, blinzeln und schauen, und die Welt, die verhangene Ansichten in die Augen fließen läßt, erhält im Gegenzug von den Augen einen schleimigen, schwachen, brüchigen Blick.

Der dritte und letzte allgemeine Eindruck, womöglich der bedeutendste von allen, der durch die Augen des Totengräbers gelangt, ist der Anblick der Tageszeitung. Die Freude dessen, der die Abendzeitung zur Hand nimmt, ist kaum zu beschreiben. Es ist keine kulminierende Freude, keine Erregung, die eine Gefahr für das Herz darstellte; es ist die tiefe, stetige, ebenmäßige Freude der behaglichen Gemütlichkeit, die sich gleichermaßen auf alle Körperteile verteilt, während der Mensch sich in den bequemen Sessel sinken läßt, während er und sein Hirn wissen, daß ihnen keinerlei Mühe abverlangt wird, im Gegenteil, daß nichts weiter sie erwartet als das Vergnügen der unkonzentrierten Lektüre zahlreicher spannender Ereignisse und Absonderlichkeiten, die anderen widerfuhren, ein gigantischer, farbenfroher Zirkus, in schwindelerregender Weise überbordend von allem, was das leichte Herz begehrt. Und das ist noch nicht alles, neben der Zeitung finden sich, o Wunder, auch eine Tasse Kaffee und eine Rippe Schokolade, und der Mensch ißt und trinkt mit dem fundierten Wissen, wenn es ihm beliebt, gibt es Nachschub, so daß er in dieser Angelegenheit frei von Angst ist, und auch wenn er sich einer Seite der Zeitung widmet, weiß er, daß auf der nächsten Seite weitere dramatische Begebenheiten seiner harren, was ihn in eine kleine, angenehme, durch und durch harmlose Spannung versetzt. Um den Genuß noch ein wenig zu steigern, kann der Leser, bevor er die Seite erreicht, auf der sich seine Lieblingskolumne befindet, zwei Schlückchen aus der Kaffeetasse nippen und aus dem Fenster schauen und auf diese Weise seine Nerven zum Spaß ein wenig kitzeln, eine Spannung, die er unter Kontrolle hat – o strotzendes Leben! –, denn er kann in jedem beliebigen Augenblick die Seite umblättern und sich über seine Lieblingskolumne hermachen. Und in der Tat, nach zwei Schlucken Kaffee und einem blinden Blick durch das Fenster blättert er um, denn er hat keine Lust, sich bis zur Qual, und sei es einer noch so geringen, zu strapazieren, es genügt ihm, daß er sich ein wenig Spannung genehmigt hat, und nun ran an die Entladung, er wird keinen weiteren Aufschub ertragen, denn er spürt schon eine Regung seines Darms. Er ist äußerst empfindlich, und sein Bauch reagiert prompt, und nun muß er seine Knie ein wenig hin und her bewegen, um den Drang zurückzuhalten, zu überwinden, und in der Bewegung blättert er um, hält nun die Knie im Zaum, damit die Buchstaben nicht vor seinen Augen tanzen, und sein Blick springt auf seine Lieblingskolumne, während seine Bindehaut sich wegen der sich hinziehenden Erwartung ein wenig trübt. Etwa zwei Stunden des Tages verbringt der Totengräber mit der Abendzeitung. Er labt sich an ihr wie an einem gebratenen Hühnchen mit Pommes frites. Zunächst stürzt er sich auf die fetten Teile, zerfetzt sie, zermalmt und verschlingt sie, dann nagt er die Fleischreste von den Knochen, vergißt das Mark nicht, schleckt die Gebeine ab, um jedwede hinterbliebene Fettschicht von ihnen zu entfernen, knackt, lutscht, zerlegt und saugt sie aus. Nach zwei Stunden wirft er, satt, müde und dösend, die Zeitung beiseite, die, ein entsetzlicher, trockener Haufen zersplitterter Knochen, zu Boden fällt. All die Frische der erschreckenden, spannenden Nachrichten, die undeutlichen Bilder von Verwundung und Tod, die witzigen Zeichnungen sowie die Anzeigen mit den blassen, kollabierenden Buchstaben, hinter denen sich die Gestalten angespannter Menschen verbergen, die sich mit den Gedanken tragen, ein Haus zu kaufen, eine Stelle zu finden, oder die eine Hochzeit mit einer weichen Frau anstreben, Dinge, die ihr schweres Leben zum Guten wenden würde, all die Frische, die darin liegt, wurde aufgesogen und bis zur Neige aufgezehrt. Die Zeitung ist erbleicht, verdorrt, und wenn er sie zu seinen Füßen wirft, zerfallen ihre getrennten Seiten auf dem Fußboden. Dann kommt, wie eine Schlußfolgerung nach einem Seufzen, der tiefe Widerwille nach der fettigen Sättigung. Und der Ekel schwächt den Totengräber, der mit dem Gefühl schmieriger Verschmutzung entschlummert.

Wieder erwacht, fragt er sich, was er mit seinem Wachzustand anfangen soll; ein Spaziergang in der Natur ist nichts für einen Menschen seines Alters; in Gedanken zu verharren wäre albern; um zu Bett zu gehen, ist es noch zu früh – und darum hat er keine andere Wahl, als zu der Zeitung zurückzukehren, und wenn er sie nun hochhebt mit großer, schlaftrunkener Zerschlagenheit, läßt das Papier ein unangenehmes trockenes Rascheln verlauten, und es scheint, daß es jeden Augenblick in seinen Händen zerbröselt. Träge und lustlos schleppt der müde Totengräber das mürbe Zeitungsaas zum Klosett. Dort erwartet ihn eine alles andere als leichte Baucharbeit. Er öffnet mit schlaffer Hand den Gürtel seiner Hose, läßt die Hose runter, setzt sich schwerfällig und unbequem auf die kalte Brille und breitet das vergilbte Aas auf seinen Knien aus. Ein, zwei Minuten lang zögert er die Bemühungen seines Leibes hinaus, doch bald bleibt ihm keine Wahl, er ist gezwungen, seine Muskeln für die tägliche gewaltige Drangsal anzuspannen, die keinen Funken Kraft für eine hochtrabendere Beschäftigung in ihm hinterläßt, wie er sie in seiner Jugend anstrebte. Die schwere Strapaze läßt ihm das Blut zu Kopf steigen, seine Augen werden rot, und in seinen Ohren setzt ein leiser Pfeifton ein; ohnehin wird das Lesen durch das Tanzen der Buchstaben vor seinen Augen schwierig, und er nimmt Abschied von dem Gedanken, komplette Sätze des gelblichen Leichnams zu verschlingen, und begnügt sich mit dem sinnlosen, willkürlichen Aufpicken von Buchstaben und Silben. Nachdem er ein paar von ihnen angestiert hat, ohne daß sie sich in seinem Hirn zu etwas Sinnvollem zusammengefügt hätten, und nachdem er auf die Bilder der Politiker und der Verbrecher geglotzt hat, denen an jenem Tag Fortuna gewogen war und die zum Bestandteil der Zeitung geworden waren, beschließt er, sich etwas Gutes zu gönnen und die Namen in den Todesanzeigen mit den Toten zu vergleichen, die er an jenem Tag begraben hat. Und wenn es sich zuträgt, daß er in der Zeitung auf den Namen eines Leichnams stößt, den er an diesem Tag eigenhändig ins Grab bugsiert hat, bricht in seinem Innern ein gewisser mechanischer, freudloser Jubel darüber aus, daß er ein intimes Verhältnis zu einem unterhielt, dessen Namen in der Zeitung steht.

Es vergeht etwa eine halbe Stunde der Baucharbeit (inklusive einschläfernder Pausen) mit kümmerlichem Ertrag, so zerkrümelt, so wenig berauschend, und die trokkene Zeitung nimmt schon den Gestank des Klosetts an; das gelbliche Papieraas wird zu einer allzu großen Belastung für den erschöpften Totengräber, er hat es satt, seine Frau ist häßlich und altert mit ihm, sein Magen arbeitet nicht ordnungsgemäß, das schwache gelbe Licht stört seine Augen. Er würde am liebsten diesem Leben den Rücken kehren, loslassen und sich fallen lassen, doch zunächst muß er die lächerliche, routinemäßige Handlungskette im Klosett abschließen, und so jagt eine Verpflichtung die andere, und der Mensch wird zum Konspiranten seines Lebens gegen sein besseres Wissen.

Der Chor sämtlicher Energien und Wünsche des Totengräbers setzt ein mit dumpfem, anspornendem Gesang. Er schleudert die Zeitung aus der Hand auf den kleinen Toilettenbalkon, der hinter dem Toilettenfenster liegt. Dort fällt der falbe Kadaver auf den schmutzigen Boden, hier wird er verweilen, noch mehr vergilben, sich in Staub hüllen und zerknittern. Und so verenden die enormen Bemühungen von Herausgeber, Journalisten und Drukkern, dieser großen, gewaltigen Crew, dieses blinden Apparats, ohne Reflexion über Bedeutung und Wert seines Handelns, dieser Mannschaft, die der Untergang eines einzigen Exemplars wie jenes, welches der Totengräber hinter sich warf, unberührt läßt; die vielmehr schon mit dem Druck der morgendlichen Ausgabe beschäftigt ist.

Das sind, kurz gesagt, die drei allgemeinen Perspektiven des Totengräbers, die er mit der Allgemeinheit teilt, doch wir interessieren uns momentan nicht für diese gewöhnlichen Eindrücke; uns soll der besondere Einblick des Totengräbers interessieren, und auf den werden wir uns konzentrieren. Unsere Frage lautet: Was sieht der Totengräber, wenn er im Grab steht? Und die Antwort: Er sieht zweimal die Waden der Witwe, wie könnte es auch anders sein.

Zuerst werden wir uns dem ersten Anblick widmen. Wenn der Totengräber seine beiden Hände ausstreckt, um das verpackte Totenbündel entgegenzunehmen, und seine Muskeln die Anstrengung abschätzen, die sie in das Heben investieren müssen, sieht der Totengräber flugs – denn er muß den Blick nach oben richten – die Beine der Witwe, die vor ihm an der Schwelle steht, das heißt einen Knöchel oder, wenn ihm das Glück hold ist und ein plötzlicher Luftzug durch den Friedhof streicht, ein Stück Wade, das bisweilen bis zum Knie reicht. Und in äußerst seltenen, gelungenen Fällen sogar ein Stück Schenkel.

Die Waden der Witwe sind weiß, selbst wenn es Sommer ist, denn in den letzten Monaten, in denen ihr Mann allmählich im Krankenhaus dahinsiechte, ging die Frau nicht zum Strand, um zu baden und sich bräunen zu lassen. Warum nicht? Schließlich mag sie es, wenn ihre Haut sich ein paar Sonnenstrahlen stibitzt und sich mit privater Energie und reifer, brauner Farbe erfüllt, sie liebt es, in das erfrischende Meerwasser zu tauchen und sich der leichten Brise in den Weg zu stellen, um sie zum Trocknen ihres Körpers zu nutzen. Frauen, die sich über den Rasen rollen, im Wind spazierengehen, in Gewässer tauchen oder sich in der Sonne aalen, machen sich im Grunde die Kräfte der Natur für das Verlangen, frottiert und massiert zu werden, zu eigen. Wenn wir auf eine Frau stoßen, die von weitem ihren müden Mann heimkehren sieht und jubelnd auf ihn zuläuft, um in seine Arme zu sinken, wissen wir, daß ihre wahre Absicht darin besteht, sich während des Laufs vom Wind durchkneten zu lassen. Der Rest ist nichts als Augenwischerei und dient der Verschleierung der Tatsache, daß sie so sehr auf ihre Körperpflege bedacht ist. Es wäre ihr recht, man dächte, sie verfüge über Frische und Gesundheit, ohne Gedanken und Mühe darauf zu verschwenden, nur einfach so, wie von selbst, und überhaupt will sie, daß man sie für eine Art natürlicher Hauskatze hält, naiv und unberechenbar, die über ihre natürlichen Vorzüge selbst überrascht ist. Eigentlich könnte auch die zukünftige Witwe, während ihr Mann im Krankenhaus dabei ist, abzuleben, und die Last des Haushalts nahezu samt und sonders von ihren Schultern genommen ist, jeden Tag an den Strand gehen, sich unter eine der dortigen Duschen stellen und direkt von dort aus ihren Mann aufsuchen, der Leib warm und braungebrannt und zwischen ihren Zehen zarte Sandkörner des Meeres, dessen Geruch ihren Mann und die restlichen Patienten im Zimmer vor Sehnsucht und Bestürzung umhauen würde. Doch sie geht nicht ans Meer, denn es ist nicht üblich, daß sich die Gattin während der Krankheit des Mannes in aller Öffentlichkeit verlustiert, damit man auch sie bedauern und von Herzen an ihrem Schicksal Anteil nehmen kann. Und darum muß sie ihre Vergnügungen auf das Haus reduzieren, auf die private Ebene. Als Entschädigung für das Fernbleiben vom Meer verzehrt sie zarte, leckere Teig- und Fleischspeisen, nimmt Bäder und verweichlicht ihr Fleisch durch Tatenlosigkeit im Bett, und zum Zeitpunkt des Begräbnisses hat sie schon weiße, ach so weiche Waden, die selbst auf den dünnen Klang der Geige mit einem Zittern reagieren, so empfindlich sind sie.

Der linde Wind, der frei über den Friedhof streicht, bläst hin und wieder unter den Saum der Witwe und legt, wie schon bemerkt, ein Knie bloß und bisweilen auch ein Stückchen Schenkel. Weil der Totengräber in dem Loch steht und sein Kopf beinah in die Höhe der Witwenknie reicht, keinesfalls darüber hinaus, kann ihm das Blähen des Windes einen Blick bescheren, der unter außergewöhnlich günstigen Bedingungen bis zur Unterhose der Witwe vordringen kann. Die Unterhose selbst ist weiß, rosa oder blau, denn die Trauer der Witwe reicht nicht bis zur Unterwäsche, und sie verläßt sich darauf, daß während des Begräbnisses keine Menschenseele einen Blick darauf wirft, und ergötzt sich derweil auch ein wenig an diesem kleinen, verhältnismäßig süßen Geheimnis. Der Totengräber, der seinen Blick auf sie warf, während seine Hände sich dem Totenbündel entgegenstreckten, und der beim Anblick der Gegensätzlichkeit zwischen der Weiße ihrer Waden und der Schwärze ihres Kleides einen triebhaften Schock erlitt, erleidet nun einen zweiten entsprechenden Schlag beim Anblick des Kontrastes zwischen dem Schwarz ihres Kleides und dem Rosa ihres Slips. Zwei sukzessive Kontraste, zwei schlimme Erschütterungen, und all dies, während er sich auf einen schweren körperlichen Akt einstellen muß. Selbst ohne das Spiel der Kontraste, schon die Waden an sich, Weichheit über Weißheit, schockieren den Mann, und mehr noch als die Waden – der Schlüpfer. Meine Herrschaften, der Schlüpfer. Mitunter scheint es auf der Welt keine Worte für die Kraft zu geben, die Tiefe und die Macht, jenen riesigen

Born, strotzend vor höchstem Genuß und blendendster Gnade, der in den Unterhosen der Frau verborgen liegt. Dann besteht einerseits der Wunsch, vor der Stummheit zu kapitulieren, nicht ein einziges Wort zu verlieren, im Bett zu liegen, mit Erregung und Schaudern erzitternd vor dem glühenden Gedanken an die Unterhose, bis ein süßes Vergehen uns von hier wegspült und wir nicht mehr sein werden, denn wir haben nicht mal mehr das Fünkchen einer Daseinsberechtigung. Nicht einmal zu dem Gedanken an eine Berechtigung sind wir berechtigt. Auf der anderen Seite besteht das ungebremste Verlangen, dieser großen, furchtbaren Sache einen Ausdruck zu verleihen, sie zu beschreiben, über sie zu reden, uns in gehetzten, aufgeregten Worten zu Füßen der Größe und Pracht zu suhlen, uns von endlosen Kaskaden des Geschwätzes über die Unterhosen mitreißen zu lassen, denn sonst würden wir den Verstand verlieren.

Seht euch den Schlüpfer an: Wenn er im Schrank ruht oder getrennt von den Beinen der Frau an einer Leine hängt, ist er ein Stück Stoff, boshaft zusammengezogen, mit drei durchtriebenen Löchern, zwei mittleren Zwillingslöchern und darüber einer einzelnen gigantischen Öffnung; ein wertloses Stück Stoff, beinahe ohne Gewicht, weder mächtig noch von bemerkenswerter Erscheinung. Aber seht euch doch bitte den Schlüpfer noch einmal an, wenn die Frau sich dazu entschließt, ihm ihre Gunst zu erweisen und ihn über den Leib zu ziehen. Der zusammengezogene Stoff bläht sich stolz, die Löcher füllen sich mit Schenkeln und Hüften, Lebensgeister erfüllen den Slip, seine Farbenfröhlichkeit kommt plötzlich zum Tragen, er drückt sich an das Fleisch der Frau mit der Blasiertheit dessen, dem man vergeben hat und der sich nun gänzlich verwirklicht. Er beginnt voller Vitalität zu rascheln, benetzt sich ein wenig, wird ein wenig drall, hurra, das Leben wird aufs tiefste ausgeschöpft! Es scheint kein Lebensgefühl zu geben, das mit dem eines Schlüpfers vergleichbar ist, dessen Innenleben erfüllt ist vom Fleisch einer Frau, gemeint sind vor allem die Stoffteile, die mit den berühmten Ausbuchtungen in Berührung kommen, einer vorwärtsstrebenden, der Bucht der Scham, und zwei hinteren, nämlich den Rundungen des Gesäßes zu beiden Seiten des Spalts. Was ist dem noch hinzuzufügen? Daß die beiden Einbuchtungen an den Gewölberändern des Gesäßes, jene Furchen, die das Hinterteil von den Beinen trennen, sich in zwei Linien wie zwei schmalen, geheimnisvollen Lachfalten erstrecken? Diese lächelnden Linien lösen beim Mann einen Schüttelfrost der Befremdung und Angst aus, gepaart mit den stärksten Banden der Anziehung, und so groß wie der Zauber ist die Angst, und das Ergebnis – Wahnsinn. Dies ist der Grund dafür, daß der geistig verwirrte Mann, wenn ihn der Unterhosenneid überfällt, stets versucht, den Schlüpfer vom Körper der Frau zu reißen, um ihn am Boden zerstört, bar jeden Frauenfleisches, zu sehen, wie er in sich gekehrt und von Haß zerfurcht, ohne die Füllung warmen Fleisches, mit aller Gewalt gierig an den Resten der weiblichen Gerüche festhält, die sich mehr und mehr verflüchtigen. Dann versucht der Mann die Frau von allen Seiten zu umschlingen, trachtet danach, die Rolle der Unterhose einzunehmen. Zum Schlüpfer will er ihr werden, allein, ohne Frage, es gelingt ihm nicht, er ist dafür zu dämlich, und seine Ambitionen sind nicht zielstrebig genug. Sein leichtes, tastendes Streicheln, seine angespannten, Argwohn erregenden Umarmungen, die Steife seines umschlingenden Körpers, und mehr als alles andere sein fieberhaftes Vordringen in den Leib der Frau, während seine Lippen über die Fassade ihres Antlitzes tasten, all dies beweist einen rohen, ungefestigten Wunsch, eine vage Absicht, die Hegemonie von Verlegenheit und Hilflosigkeit, und nimmt darum keine lange Zeit in Anspruch. Schließlich wird der Mann aufhören, von der Frau ablassen und auf den Rücken plumpsen, und die Frau wird sich auf ihre Unterhose stürzen und sie erneut mit ihrem Fleisch stopfen. In dem Kampf zwischen Mann und Damenschlüpfer trägt letzterer den Sieg davon. Und der Mann wird zu seinen spärlichen Phantasien zurückkehren.

Der Totengräber, der zwei Erschütterungen erlitten hat, als Resultat zweier scharfer Kontraste (der Weiße der Waden neben der Schwärze des Kleides, des Schwarz des Kleides neben dem Rosa des Slips), trägt sich vor seinem inneren Auge schon mit dem dritten Schock, dem möglichen Gegensatz zwischen dem Rosa des Slips und der Dunkelheit der Scham. Er bereitet sein schwaches Herz auf die Erschütterung vor und betet, daß er keinen realen Schaden an seiner Gesundheit nehmen wird, um noch ein wenig weiterleben zu können, in der Hoffnung auf weitere Schocks. Indes ist seine Phantasie nicht beschränkt, und er spielt mit zusätzlichen Möglichkeiten: Vielleicht ist ihr Schamhaar hell, und es würde keinen Kontrast zwischen ihm und der Farbe der Unterhose geben, aber dann würde der Schock um so größer sein, denn es würde eine Situation geschaffen, in der die Erwartung der Erschütterung erschüttert wird, was die simple Erschütterung überträfe, weil hier die Grundfesten der Erschütterung fundamental ins Wanken gerieten.

Auf jeden Fall wühlt die Folge der Erschütterungen den Totengräber tüchtig auf, seine Augen fangen Funken und lösen einen Fackelzug Richtung Hirn aus. Bald wird sein Kopf in Flammen aufgehen, sein Haar wird verlodern, und auf seiner kahlen Schädeldecke wird sich nur noch ein kleines Rauchlöcklein kräuseln. Aus dem Feld der zertretenen Wünsche des Totengräbers steigt der starke Wunsch empor, aufzuspringen und die Witwe zu entführen, sie zum Friedhofsbüro mitzureißen und sie dort, wenn ihm die Umstände gewogen sind, auf den Metalltisch zu werfen, der mit Sterbedokumenten überhäuft ist. All dies natürlich unter der Voraussetzung, daß keiner der Friedhofsbeamten, die mit dem mißvergnügten Summen von Liedern beschäftigt sind, plötzlich in das Zimmer tritt, um ein Stück Papier zu holen oder zurückzubringen oder einfach kraft Büroroutine hin und her zu laufen. Wie gesagt, der Gedanke steigt auf, doch es mangelt ihm an Rückgrat, er ist irreal, und darum wird er schon bald unter den erschwerten Umständen mürbe und schließlich zerquetscht. Auch wenn das Büro leer und verlassen von jeglichem summenden Beamten wäre, so ist doch die Witwe selbst von wilden Tieren umgeben. Von den Hinterbliebenen, die ein gespitztes Ohr zu ihrer weinenden Stimme und ihrem Gurgeln neigen und mit Genauigkeit auch ihr schwerfälliges Kopfschütteln analysieren. Hinzu kommt, daß er selbst ein Totengräber im Dienst ist, mit verdreckten Arbeitskleidern, und daß sein Äußeres dem Trauerszenario nicht angemessen und wenig geeignet ist, in den Augen von Witwen Gefallen zu finden. Mit seiner gegenwärtigen Erscheinung würde er nicht einmal eine Berührung ihrer Unterhose wagen, was ihn schon zur Genüge deprimiert (und seinem Herzen schadet). Das Attraktivste für die Witwe in dieser Stunde wäre fraglos ein Witwer, denn die beiden sitzen in einem gemeinsamen düsteren Boot, und der Witwer ist dank des Todes seiner Frau auch verhältnismäßig sorgfältig gekleidet. Aber welche Frau stirbt schon, und woher einen Witwer nehmen? Wie wir alle wissen, gibt es keine Witwer, es handelt sich hierbei um einen rein literarischen Begriff. Der Mann stirbt grundsätzlich vor der Frau. Er weiß es schon von Jugend an, es quält ihn sehr, bekümmert und erbost ihn, und er lehnt sich gegen dieses willkürliche, ungerechte Urteil so sehr auf, daß sein Herz vor lauter Zorn und Hilflosigkeit bricht, was zu guter Letzt dazu führt, daß er tatsächlich vor seiner Frau entschläft.

Gleichzeitig mit dem Zerquetschen des Gedankens an den Raub der Witwe und ihren Transport ins Büro keimt ein Nebengedanke im Hirn des Totengräbers. Ein kühnerer Gedanke als sein Vorgänger. Die akrobatische Idee, den Kopf gezielt nach vorn zu werfen, ihn zwischen die Beine der Witwe zu fädeln und aus dem Loch in die Höhe zu springen, so daß sein Kopf zwischen Unter- und Oberschenkel der Witwe gänzlich nach oben gleiten, vom Schambein gebremst und mitsamt Witwe in die Lüfte schnellen würde, wobei die Witwe wie auf einer Stelze auf dem Kopf steckenbliebe und der Totengräber sich kaum noch auf den Beinen halten könnte, während sein Kopf und seine Schultern, vom Saum ihres Kleides bedeckt, sie von unten stützte. Und sie würde abheben, als ob Trauer und Melancholie sie zu geistigen Sphären erhöben, während ihre Verwandten und ihr Bekannter noch nicht begriffen, was geschah, und über ihr plötzliches Abheben stutzten, das sie der Größe ihres Kummers zuschrieben, der zum ersten Mal im Leben Hebelfunktion hatte. Später, wenn sie den Totengräber bemerkten, der unter ihrem Rock heraushinge, würden sie über die Ehre staunen, die ihr der Vertreter der Friedhofsverwaltung erwies, eine Art Hauptgewinn, vielleicht das Ergebnis einer Lotterie. Vielleicht hatte sie ja auch einen Wagen gewonnen? Ei ei ei, wie jammerschade, daß es dem Verstorbenen nicht vergönnt gewesen war, seine Frau noch kurz vor seinem Tod als Gewinnerin zu sehen.

Erst nach dem zweiten Staunen würden die Verwandten richtig kapieren, was geschah, und würden sich eilig anschicken, mit dumpfem Groll ihn und die Witwe zu trennen. Doch bis es soweit sein würde, würde der Scheitel des Totengräbers ausreichend Gelegenheit haben, ihr tüchtig zwischen den Beinen zuzusetzen, seine spitze Nase, mit lüsternem Grunzen das Haar ihres Schamhügels zu ertasten, das ihn zum Niesen reizen würde, und auch seine Lippen würden sich dem Betasten anschließen, und er würde von dem strohigen Haar kosten. Während droben die Lippen der Frau vor Konzentration auf den Reiz unterhalb auseinandergingen, einen Teil ihrer Zähne bloßlegten und einen dünnen Speichelfaden hervorbrächten. Wer weiß, woran die Frau in dieser Stunde denkt, sie könnte an alles denken, schließlich müht sich jemand zwischen ihren Beinen ab, um ihren Vergnügungsdampfer zu Wasser zu lassen, und sie segelt in einer steifen Brise, frei für Gedanken aller Art, denn die wandernden Gedanken der Frau, die sich hier willkürlich vergnügt, sind irrelevant. Inzwischen erstickt der Totengräber da unten, zwischen den Falten ihres schwarzen Kleides, frustriert, daß ein so begehrter Ort des weiblichen Körpers eine so derbe Behaarung aufweist. Es ist nicht das erste Mal, daß er sich an dieser Sache stößt: Warum kann dieser Körperteil nicht glatt sein wie Hinterteil und Brüste? Zwar gibt es auch brustbehaarte und bisweilen gar am Gesäß behaarte Damen, aber das dortige Haar fällt eher in die Kategorie Flaum, und selbst als solcher ist es lästig, um wieviel mehr erst das stählerne Haar der Scham. Die Frau muß wissen, daß der Mann ihre begehrten Teile glatt und weich will, und er hegt keinerlei Interesse an der Rauheit des Haars.

Ihr Haupthaar genügt ihm fürs oberflächliche, erste Liebkosen, und insbesondere für einen attraktiven Auftritt in Theater und Kino. Während er an anderen Orten die Annullierung des Haars fordert. (Auf die Behauptung der Frau, daß auch sie ein freier, selbständiger Mensch sei, werden wir antworten: Wir leiden genug.) Verdammt soll das Schamhaar sein, verbrennen soll es (denn eine Schur genügt nicht). Laßt uns in einer Sommernacht in die Häuser von Frauen eindringen und, während die Frauen schlafen, in Rückenlage auf ihren Betten ruhen und Leidenschaft in dem Haar ihrer Scham verborgen liegt, ihnen dieses mit Streichhölzern entzünden. Qualm und der Geruch nach feuchtem, versengtem Haar wird sich in ihren Räumen ausbreiten. Sie werden aus den Betten springen, hin und her laufen, ein wenig kreischen und schließlich – hurtig in die Badewanne, um kaltes Wasser auf ihre brennende Vulva zu gießen. Während wir, die Männer, ein wenig blaß und erschlagen von der Schwere unserer Tat einen Moment lang hinterherlaufen, um sie um Absolution zu bitten, und die leichtsinnige Tat bereuen, hoffen, daß es nur ein Traum war, und uns vor der Strafe der Frau und der Polizei fürchten. Und im zweiten Moment, wenn wir uns damit abfinden, daß die Tat vollzogen wurde und uns nicht verziehen werden wird, versuchen wir uns zu sammeln, gehen mit Kälte in den Gedärmen in die Küche, versuchen auf männliche Art zu scherzen, simulieren wilde Komiker und öffnen mit leicht zittrigen Händen den Kühlschrank, um etwas zu holen, das uns erbaut und das wir wie in lärmender Ausgelassenheit verzehren.

So weit geht der Nebengedanke des Totengräbers, die Frau zu überfallen, seinen Kopf zwischen ihre Beine zu stecken, und alles, was damit zusammenhängt. Bald fällt auch dieser Gedanke, verschleißt sich ohne die Stütze der Realität und beschmiert den Grund des Hirns. Für einen weiteren Nebengedanken ist keine Zeit mehr, denn hier ist schon das Totenbündel, das der Totengräber entgegennimmt. Das war der erste Blick des Totengräbers auf der Witwe Waden.

Wenn das Gewicht des Totenpakets von den Trägern, die an der Schwelle des Grabes stehen, in die Hände des Totengräbers, der unten weilt, übergeht, ist dieser gezwungen, den Blick von den Waden der Witwe abzuwenden, erstens wegen der großen physischen Belastung, die ihm nun abverlangt wird und ihm keine Entgleisung in Richtung seiner Triebe erlaubt, und zweitens weil er das Totenpaket in Händen hält; so wird er zum Fokus des Leichenzugs, und man sieht ihn mit besonders durchdringendem Blick an, der ihm auch einen Teil der Schuld an dem Tod des Toten und seinem Vergraben in der Erde aufbürden will. Darum fällt es dem Totengräber schwer, Gott behüte, einen Blick auf die Waden der Witwe zu werfen. Was gilt es zu tun? Man wartet ein wenig, man hält sich ein wenig zurück, man versucht für ein Weilchen von den Beinen zu lassen – die gerade jetzt so wunderbar sind – und sich auf das Bündel zu konzentrieren, um später entschiedener zu den ersteren zurückzukehren. Es trifft zu, daß es unangenehm ist, sich zurückzuhalten, und wir haben schon vorher gesehen, was für ein verhaltenes, verstopftes Leben der Totengräber führt, es scheint, daß die Zurückhaltung die Basis seines Lebens bildet, aber er hat keine Wahl, was kann er machen, der Totengräber weiß, daß er ein recht wertloses Leben führt und den Preis der meisten Dinge nicht bezahlen kann. Er hebt an, das Totenpaket zum Grund des Grabes hinabzulassen, eine Handlung, die der Tote durch die Demonstration gravierender Schwerfälligkeit und den groben Ansatz, zu entgleiten, zum Scheitern zu bringen versucht. Wenn dann das Totenpaket auf dem Grund postiert wird, schließt der Tote seinen letzten Auftritt auf dieser Welt ab, ein letztes, stilles Liegen in dem Loch vor dessen Verschluß, ein volkstümliches Stück voller Lebensweisheit und Sentimentalität mit einfacher Handlung, unprätentiösem Ende und Erfolg im Familienkreis.

Der Totengräber türmt eine Reihe Ziegel auf das Paket und bedeckt es, flankiert mit gespreizten Beinen das Bündel, lehnt seine Handflächen gegen eine der Wände des Lochs, um sich abzustützen, wenn er gleich seinen Leib aus der Grube befördert. Dabei wendet er den Blick nach oben, um einen freien Fleck auszumachen, auf den er springen wird, und die Umstehenden rücken schon beiseite, um ihm etwas Platz zu machen. Da fällt sein Blick zum zweiten Mal auf besagte Waden.

Der Ziegelhaufen trennt die Witwe und den Toten für immer. Auf diesen Moment haben alle Kräfte der Witwe gelauert, und für ihn sparte sie den Hauptanteil ihres Weinens, Schreiens und Kollabierens auf. Sie stürzt nach vorn und läßt dem Ausdruck ihrer Trauer freien Lauf. Sie seufzt und versucht in Ohnmacht zu fallen, will in das Loch springen und sich mit ihrem Mann vereinigen, doch sie liegt in den Armen derer, die ihr Halt bieten, als hielten diese sie von ihrem Vorhaben ab. Sie scheint ihnen deshalb gram zu sein und muß großen seelischen Aufwand betreiben, um sich selbst von ihrem Zorn zu überzeugen. Sie schreit: »Laßt mich runter zu meinem Mann, allein habe ich auf der Welt nichts verloren!« Und der Haupthalt an ihrem Arm flüstert ihr leise zu: »Du bist nicht allein, du bist nicht allein.« Doch die Witwe bleibt dabei: »Ich bin allein, ich bin allein!!« Und natürlich ist sie in der stärkeren Position, denn sie mobilisiert Schreie und Zukkungen, während der Haupthalt sich seiner und der Witwe schämt, die Stimme dämpft und den Kopf senkt. Eine uncharmante Rolle für den Halt, er hat einen fahlen Geschmack im Mund, ihm reicht es, liebend gern würde er die Witwe in das Loch stoßen, sie und die übrigen Begleiter, und sich nur ein Mädchen zurückbehalten, die Nichte des Toten, die an der Seite des Grabs Tränen vergießt, im Fleisch des mütterlichen Arms vergraben und in dem Haupthalt Gelüste weckend.

Wenn der Totengräber die Waden der Witwe von dem Loch aus sieht und sie kreischt und versucht sich hineinzustürzen, leitet er durch seinen lebendigen Blick den lautlosen Hilferuf des Toten nach draußen, der seiner Frau vom Grunde des Grabes antwortet:

»Meine geliebte Frau, laß mich nicht allein in dem Loch und bedecke mich nicht mit Erde, nur weil ich so schwach bin. Zwar ist der Friedhof voll mit toten Ehemännern, aber muß es denn sein, daß du dich ausgerechnet an anderen liederlichen Witwen orientierst? Bitte führe einen neuen Brauch ein. Ich rufe dich und alle anderen Witwen dazu auf, damit aufzuhören, uns zu begraben, und bitte macht mit mir den Anfang. Es gehört sich nicht, noch dazu in der Anwesenheit Fremder, Erde auf mich zu schaufeln, wenn ich vollkommen kraftlos bin. Gib es doch zu, es ist lächerlich und untypisch für eine loyale Ehefrau. Meine liebe Frau, warum brichst du das Begräbnis nicht ab, schickst die Trauergemeinde nach Hause, nimmst mich auf deine Arme und trägst mich heim, in das Haus, das ich dir gekauft habe und in dem du angeblich mit mir zusammenleben wolltest, solange ich ein wenig Kraft besaß und mich zusammennahm, um nicht dahinzusiechen und zu sterben? Es ist nicht mehr als eine Nacht seit meinem Tod vergangen, und schon verlierst du die Geduld und steckst mich in das Loch, mit der harmonischen, vollendeten Geste, mit der du dir nach dem Aufstehen die Spange ins Haar stecktest, während du vor dem Spiegel saßest, mit vom langen Liegen im warmen Bett verweichlichtem Gesäß, und ich deinen Rücken ansah und den Aufbau und die Bewegungen deiner Rippen und deiner Wirbelsäule bewunderte und dir dankbar dafür war, als ob sie deine private Erfindung und die Früchte deines Entwurfs wären, ein Geschenk für unser gemeinsames Leben. Ich hätte es niemals gewagt – nie und nimmer! –, mir auch nur vorzustellen, diesen Rücken oder deinen Hintern oder sonst irgend etwas von dir in der Erde zu begraben. Vielmehr, wenn es etwas gibt, das in meinen Augen mit dem Ursprung des Lebens selbst, mit der Ewigkeit in Zusammenhang steht, dann dein Fleisch. Denn an wen habe ich geglaubt – an Gott? Ich bin ein einfacher Mensch, und ich hatte keine Kraft, mir in meinem Hirn Dinge vorzustellen, die nicht sichtbar sind, ich hätte auch nichts davon gehabt; mein Glaube lehnte sich an kleine Dinge, einfach und weich, deren Höhepunkte die Teile deines Fleisches waren. Und wenn ich dir darum sage, daß ich in deinem Fleisch den Ursprung des Lebens und den Inbegriff der Ewigkeit gesehen habe, drücke ich wahrhaftig aus, was ich fühlte, wenn du dich dem Bett genähert hast, um darauf zu fallen, und wenn du gingst, um dich zu waschen. Ich dachte immer und aufrichtig, daß die Bewegung deiner Schenkel eine enorme, hohe Kraft darstellt, und es scheint mir, daß ich unter anderem an der Anstrengung und der Unmöglichkeit zugrunde ging, die Stärke dieses Gefühls zu bewältigen. Was mein Herz zerbersten ließ. Ich versuche nicht, Zeit zu gewinnen, aber wenn es für dich entschieden ist, mich zu begraben, warum dann diese Eile? Warum diese Versessenheit? Hast du denn deine Trägheit vergessen? Wohin willst du so eilig? Mit wem wirst du nach Hause gehen? Ich habe die Kontrolle über alles verloren. Ich bestimme nichts. Ich kann nicht einmal die kleinsten Dinge beeinflussen. Auch gibst du mir keine Informationen. Wer garantiert mir, daß sich deine Schenkel nicht gegen die Knie eines Taxifahrgastes pressen? Zwar mag er breitschultrig und gut gekleidet sein, aber selbst wenn er ein wenig krumm und schäbig ist, bist du ihm nicht dankbar, daß er atmet, erzählst du ihm nicht von der Schande meines Todes, und fühlt er sich deshalb nicht athletisch? Ich hänge so sehr von dir ab, bin so hilflos, mehr noch als ein Baby, denn dann könnte ich wenigstens schreiend protestieren. So bin ich vollkommen schweigsam. Deute die Stille nicht falsch, die auf dem Friedhof im allgemeinen und bei mir im besonderen herrscht. Es ist kein Friede. Es ist der schrille, andauernde Pfeifton der Auflehnung. Es ist ein Signal, das nicht gehört wird, denn die Trauer, die es auslöst, ist unbeschreiblich. Dies ist die Bedeutung, die der Tod für uns hat, und unter diesem Aspekt hast du in der Tat gewonnen, denn der Tod ist für uns eine ewige qualvolle Rückenlage, ohne die Möglichkeit, eure Aufmerksamkeit auf unser Piepsen zu lenken. Meine siegende Frau, erinnere dich an mich, erinnere dich an mich, meine Frau, zwar hege ich nun auch schreckliche Gedanken, doch verspreche ich, artig zu sein, bald werde ich nicht mehr böse sein und auch nicht mehr grollen, daß du mich mit Erde bedeckt hast. Ich werde Schritt für Schritt aufgeben, nur erinnere dich an mich, wenn es möglich ist, in aller Deutlichkeit, in einer akzeptablen Traurigkeit, vor einem schönen, moralischen Hintergrund, nach Möglichkeit, wenn du allein bist. Versuche auch die Berührung meiner Hände und mein Flüstern in Erinnerung zu behalten, und vor allem tue es oft. Und wenn du per Zufall nicht dazu kommst, dich zu erinnern, dann spüre wenigstens, daß dir etwas fehlt. In unendlicher Liebe, dein begrabener Mann.«

Und schlagartig wendet der Totengräber die Augen von den Waden der Witwe, springt aus dem Loch, nimmt den Spaten und schaufelt Erde hinein. Die Witwe hält an ihrem oben beschriebenen Verhalten fest, der Totengräber beendet seine Erdarbeit, stampft die Erde fest, ebnet sie und geht. An seinem Herzen nagt die Trauer, die Trauer seiner gebremsten Lust auf das weiße Fleisch der Witwe. Die Trauer eines müden, verschwendeten, ungenutzten Lebens. Es ist die Trauer des ersten Blicks auf die Waden der Witwe, zu der sich die Trauer des zweiten Blicks auf die Waden gesellt, die Trauer des toten Mannes. Die bedrückende Trauer des Abschieds der schwachen Toten, die in der frischen, klaren Luft über sich lebendiges, lebhaftes Frauenfleisch zurücklassen. Fleisch, das einst in ihren Armen lag und treu versprach, nur das ihre zu sein. Und mit den zwei Trauerklößen in seinem Innern wendet sich der Totengräber ab und schlägt den Weg zum Büro ein, als vor ihm der nächste Leichenzug erscheint. Vier Menschen, die den Toten tragen, und ein wenig weiter hinten, gestützt, die schlaffe Witwe und ihre beiden weißen Waden, zwei Pantomimen in Gipsmasken, ein wenig bebend von der Aufregung vor dem Auftritt am Grab.

Einer, der nicht ich ist, sondern Sie

Ein zufriedener Mann sitzt bei einer gelösten Frau. Ein lüsterner Mann kommt herein, heftet einen begierigen Blick auf die Frau. Er tritt näher, sein Blick ist auf ihren Busen geheftet. Er streckt einen Finger in Richtung ihrer Brust aus.

LÜSTERNER Ich hätte es sehr gerne.

GELÖSTE Es gehört schon alles ihm.

ZUFRIEDENER Es ist alles mein.

LÜSTERNER Schade. Ich hätte es wirklich sehr gerne.

GELÖSTE Es geht ganz und gar nicht.

Der Zufriedene lächelt behaglich, berührt den Busen der Gelösten mit dem Finger. Sie erklärt dem Lüsternen.

Es gehört längst ihm, verstehen Sie?

LÜSTERNER Ich verstehe es sehr wohl, es ist äußerst bedauerlich.

Zu dem Zufriedenen. Geht es Ihnen gut?

ZUFRIEDENER Und wie.

LÜSTERNER Und Ihnen?

GELÖSTE Mir auch.

LÜSTERNER Phantastisch, was?

ZUFRIEDENER Meinen Sie mich?

LÜSTERNER Ja.

ZUFRIEDENER Ja, phantastisch.

GELÖSTE Fragen Sie auch mich?

Lüsterner Ja.

Gelöste Ja, phantastisch.

Lüsterner *nähert sein Gesicht dem Gesicht des Zufriedenen, berührt es fast.* Sehr schade, daß ich nicht Sie bin.

Zufriedener Es ist gut, ich zu sein, was?

Lüsterner Spitze. Und es ist beschissen, ich zu sein, was?

Gelöste Haben Sie es mit mir?

Lüsterner Ja.

Gelöste Ja, sehr beschissen.

Zufriedener Geht die Frage auch an mich?

Lüsterner Warum nicht.

Zufriedener Ja, beschissen.

Lüsterner *legt den Kopf nah an den Busen der Frau.* Und wenn ich er wäre, würden Sie es dann zulassen, daß ich Sie dort berühre?

Gelöste Ja.

Lüsterner Wirklich schade.

Zufriedener Aber weil er nicht ich ist, wirst du ihn nicht lassen, stimmt's?

Gelöste Stimmt genau.

Zufriedener Jeden, der ich ist – wirst du lassen; und jeden, der nicht ich ist – wirst du nicht lassen.

Gelöste Genau.

Zufriedener Phantastisch, was?

Gelöste Fragst du mich oder ihn?

Zufriedener Dich und dann ihn.

Gelöste Ja, phantastisch.

Lüsterner Ja, phantastisch.

Zufriedener Haben Sie verstanden, was es bedeutet, ich und nicht Sie zu sein?

Lüsterner Ich verstehe den Unterschied haargenau.

Legt sein Gesicht nah an das Gesicht des Zufriedenen, als versuche er, in ihn zu dringen.

ZUFRIEDENER Versuchen Sie in mich zu dringen und ich zu sein?

LÜSTERNER Ja.

ZUFRIEDENER Es wird Ihnen nicht gelingen, denn jeder ist er selbst.

LÜSTERNER Stimmt, sehr schade.

Sein Gesicht bleibt nah am Gesicht des Zufriedenen. Mit Bewunderung. Oho...! Oho...! *Er reißt den Mund auf. Der Zufriedene berührt den Busen der Gelösten. Pause. Der Zufriedene berührt erneut. Pause. Der Zufriedene ist im Begriff, wieder zu berühren, aber der Lüsterne schließt den Mund und kehrt sein Gesicht ab. Der Zufriedene zu der Gelösten.* Äußerst schade, daß er aufgehört hat, mich zu bewundern, und daß er nicht ewig mit aufgerissenem Mund vor mir stehen kann.

LÜSTERNER *entschuldigt sich.* Alles in allem habe ich mich, und ich habe verschiedene Erledigungen zu machen, ich muß meinen vor Staunen aufgerissenen Mund schließen und ihn für das Abendessen wieder aufreißen.

ZUFRIEDENER Schade, schade, daß auch andere essen müssen und all das.

LÜSTERNER Wenn ich Sie wäre, würde ich bleiben, Sie verstehen das sicher.

ZUFRIEDENER Ja, ich verstehe es, schade.

GELÖSTE Nichtsdestotrotz hast du mich.

ZUFRIEDENER *zu dem Lüsternen.* Das stimmt, ich habe sie, dadurch ist es nicht ganz so schade.

LÜSTERNER Ich verstehe. Auf Wiedersehen. Aus meiner Sicht ist es sehr schade. Und nochmals schade.

Er tritt ab.

Quellennachweis

Die Texte wurden entnommen aus:

»Der Gigolo aus Kongo und andere Charaktere«
Originaltitel: hagigolo mikongo wetipussim acherim
Verlag Hakibbuz Hame'uchad
Tel Aviv 1994

Der Stecher
Eine Frau vor einem Haus in einer Blumenwiese unweit von Attica, Indiana
Der Optiker
Der schlafende Mann
Das Stoßen einer Frau von einem Stuhl
Eintritt ins Zimmer
Ein Mann ohne Bewußtsein seines Namens und eine Frau im Bewußtsein des ihren
Am Kiosk der alten Wurstverkäuferin
Der Pisser
Im Hotel
Der Generalstabschef von China
Der Kneter
Eine Abhandlung über die Erschaffung gewisser weiblicher Körperteile
Der Zufriedene, der Lüsterne und die Gelöste
Einer der nicht ich ist, sondern Sie
Czopek und Aptschik sehen einen Kitzler
Nach dreißig Jahren
Vor den Stufen zum Haus

»Der ewige Patient und die Geliebte«
Originaltitel: hachole hanizchi weha'ahuwa
Verlag Hakibbuz Hame'uchad
Tel Aviv 1986

Zwei Ausschnitte aus einer Geschichte
Der Zeitvertreiber
Der Besuch des Freundes
Über die Jugend im Spiegel des Alters
Was sah der Totengräber?

»Ein Mann steht hinter einer sitzenden Frau«
Originaltitel: isch omed measchorej ischa joschewet
Verlag Hakibbuz Hame'uchad
Tel Aviv 1992

Die hoffenden Toten
Roberts
Ein Mann steht hinter einer sitzenden Frau
Der Gewickelte
Geschlagen
Träger willkürlicher Frachten
Nach Sydney
Revue
Das Zimmer
Über die Grenzen des menschlichen Erstaunens
Der verlorene Sohn
Besuch